喫茶『猫の木』の日常。

猫マスターと初恋レモネード

著　植原翠

マイナビ出版

CHARACTER

有浦夏梅（ありうらなつみ）（マタタビ）

文具メーカーに務めるOL。
東京の本社から支社がある片田舎、
あさぎ町に異動してきた。
高校時代の手痛い経験から恋愛無精。
『喫茶 猫の木』の常連。

片倉柚季（かたくらゆずき）

海の近くにある『喫茶 猫の木』のマスター。
コーヒーの味も料理の腕前も評判だが、
店では常に猫のかぶり物をしているという変わり者。
大の猫好きなのに猫アレルギー。

片倉果鈴（かたくらかりん）

片倉の姪っ子。自称恋愛マスターで、
夏梅になんとかして彼氏を作らせたい、
おませな小学三年生。

ニャー介（すけ）

夏梅が飼っている猫。
薄茶色の毛並みに白い縞々模様。
もとは『喫茶 猫の木』の裏に来ていた野良猫。

CONTENTS

STORY OF THE CAFE "CAT'S TREE"

イラスト／usi

喫茶 猫

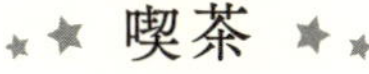

喫茶

『猫の木』の日常。

猫マスターと
初恋
レモネード

植原翠

Episode 1・その店のマスター、猫男。

ここ、静岡県にあるあさぎ町には世にも不思議な喫茶店がある。

会社からの帰り道、毎日のようにそこへ通う。夕焼けの海を横目に、私は自転車を走らせた。春から夏に変わる風の中で、夕日を浴びた海はきらきらと眩しかった。

私、有浦夏梅は、この町に住む平凡なＯＬである。

一年ほど前に左遷され、勤めていた本社からこの田舎の港町に引っ越してきた。来たばかりの頃は、こんな田舎に飛ばされて泣いたりもした。その上、十年も私を悩ませた過去の恋人のことで心がすさんでいた。だが、そんな私を、とある出会いが変えてくれたのだ。

あさぎ町に来て以来日課にしているのが、この海浜通りにある喫茶店通いである。頬を撫でる潮風の行く先に、赤い屋根が見えた。西洋の田舎の民家みたいな、ぬくもりのある佇まい。店の名前を掲げた看板が、初夏の夕焼けに染まっている。

『喫茶 猫の木』――外観こそ普通のレトロな喫茶店なのだが、不思議なのはこの店のマスターなのだ。

自転車を止めて、深緑色のドアを押し開ける。カランとドアベルの軽やかな音がした。

「片倉さーん！」

名前を呼びながら店に入ると、コーヒーの芳醇（ほうじゅん）な香りがふわっと私を包み込んだ。

陽だまりみたいなほんわかした黄色い照明が、五、六台のテーブル席とカウンター席を照らす。懐かしさの漂うレトロな店内は、挽きたてのコーヒー豆の香ばしい香りにあふれていた。

カウンターの向こうでコーヒーを注いでいたマスター、片倉柚季（ゆずき）さんが、こちらを振り向く。

「いらっしゃいませ、マタタビさん」

薄茶色の頭に、三角の耳。こげ茶色の縞模様、モコモコの口、頬から伸びるヒゲ。

私のことを「マタタビさん」と呼ぶこのマスターは、どうしてかいつも猫の着ぐるみを頭だけ被っている。

「危ないところでした。ついさっきまで、暑くてかぶり物を脱いでいたんです」

コーヒーをカウンターに置きつつ、無表情のかぶり物が言う。その発言に私は目を剝（む）いた。

「ええ!?　じゃあ、もう少し早く着いてたら片倉さんの素顔が見れたってことですか？」

「はい。ギリギリセーフでした」

彼がふふっと勝ち誇ったように笑う。逆に私は、がっくり項垂（うなだ）れた。

この喫茶店のマスター、片倉さんは見てのとおりの変わり者である。

猫のかぶり物に隠れた素顔は、絶対に見せてくれない。丸一年常連客をやっている私にだって秘密だ。素顔もわからなければ私生活も不明、その行動の意味も謎である。

かぶり物から下は、ワイシャツにエプロンという、ごく普通の喫茶店のマスターらしいスタイルである。すらりと背が高くてやや細身で、きれいな体型をしているだけに、余計に素顔が気になってしまう。

「かぶり物外したところ、一回でいいから見せてくださいよ。これから暑くなる季節ですし」

「これは絶対、脱ぎません」

たまにお願いしてみるのだが、片倉さんは頑なに顔を見せない。

片倉さんが不思議なのは、この外見だけではない。

「時にマタタビさん、今日はずいぶんとご機嫌ですね」

「わかっちゃいます？」

私は思わず頬から笑みをあふれさせた。

片倉さんのふたつめに不思議なところ。彼は、人の気持ちにとても敏感なのだ。私が特別顔に出やすいのではない。この店に来るさまざまなお客さんが、同じように見破られている。

「かぶり物被ってて視界が悪いのに、よく見てるんですね」

私は苦笑して、いつも座るカウンター席……片倉さんの正面の席に腰を下ろした。カウンター席のいちばん壁際。ここが私の定位置だ。すぐ横にある窓から夕焼けの海が見える、お気に入りの場所なのである。

「今日はホットのレギュラーコーヒー、お願いします」

「かしこまりました」

注文を聞いて、片倉さんは慣れた手つきでカップにコーヒーを注ぎはじめた。

私はこうして、週三、四日はこの店で片倉さんのコーヒーを飲んでいる。仕事を終えた夕方以外にも、仕事が休みの日でもお昼を食べに来ることは多い。居心地のよさについつい訪れてしまうのだ。

「それで、どうしてそんなにご機嫌なんですか？」

片倉さんが尋ねてくる。私はニヤニヤの理由を話しはじめた。

「じつはですね、今度私の部署に新しい子が入るんです」

私の勤める会社は、全国にぽつぽつと支社が点在する中規模文具メーカーだ。会社の事業拡大で経理業務が増えたことに伴って、中途採用で事務員を新しく雇ったのだ。それが私の所属する経理部にやってくる。片倉さんがぱっと顔をあげた。

「おや！　こっちに来てから、初めての後輩ですね」

「そうなんです！　真智花（まちか）ちゃんっていうらしいです」

「え？　マンチカンがどうかしました？」

片倉さんがかます聞きまちがえに、思わず吹き出した。マンチカンといえば、短い脚が愛くるしい猫の品種ではないか。

「マンチカンじゃなくて真智花です！　もう、ぼんやり猫のことばっかり考えてるからそんな聞きまちがいするんですよ」

「失礼しました」

片倉さんにはこういうところがある。見た目どおり猫好きの彼は、好きをこじらせて物事をなにかと猫に結びつけてしまうときがあるのだ。私のことを「マタタビさん」と呼ぶのだって、名前が「夏梅」……ナツウメだからなのだ。ナツウメはマタタビの別名なんだとか。

「それで、その真智花ちゃんね。まだ二十二歳の若い子なんです。今から楽しみで」

まるで妹ができるみたいなわくわく感である。片倉さんがコーヒーを私の前に置いた。ふわふわあがる湯気が香ばしい香りを運ぶ。私はこの人の淹れるコーヒーが、たまらなく好きだ。

「それで、新生活が始まる機会だし、ニャー助にもプレゼントをあげたいなと思ってて」

ニャー助とは、私の飼い猫の茶トラ白のことである。片倉さんのかぶり物とお揃いの、薄茶色の毛並みにしましま模様の、人懐（ひとなつ）っこくもしたたかな猫だ。

「キャットタワー新調しようと思うんです」

ホームセンターで買った大掛かりなおもちゃ。ニャー助が夢中になって遊ぶのでボロボロになってしまったのだ。私の住む狭いアパートの一室にあれを置くと人間のスペースはますます狭くなってしまうのだが、猫は平面移動に加えて高いところに登るのが好きな生き物だ。そんな3Dの世界で生きるニャー助を思うと設置したい。

「それならおすすめがありますよ」

片倉さんは声を弾ませた。着ぐるみのくせに目が輝いたように見える。

「猫用品のカタログを眺めてて見つけたんですけど、こう、猫じゃらしがたくさんついてて」

片倉さんが生き生きと語っている。私は楽しげな彼に苦笑した。

「片倉さん、猫アレルギーで猫飼えないんですよね？」

「はい。だからこそカタログを眺めて我慢してるんです」

そうなのだ。片倉さんは頭に猫の顔を被ってしまうほどの猫好きでありながら、酷い猫アレルギーなのである。この店の裏によく来るノラ猫だったニャー助を、拾いたくても拾えなかった過去がある。私がニャー助を預かっているのは、片倉さんの代わりというわけなのだ。

仕事が終わったら、ここで片倉さんのこだわりのコーヒーを飲みながらニャー助の日々を報告する。この人ののほほんとした人柄と、おいしいコーヒー。これが、私の日課であり、なんとも言えない幸せなひとときだ。

と、そこへ、カランとドアベルが鳴った。

「いらっしゃいませ」

音色に反応して片倉さんがそちらを振り向いた。お客さんが入ってくる。

赤いネクタイにチェックのスカート。黒髪をふたつ結びにした、おとなしそうで可憐な女子高生だ。

「やっと部活が終わった！　眠いなあ」

「お疲れさまでした」

片倉さんがふふふと微笑む。片倉さんと親しげな様子を見るかぎり、この高校生は初めてのお客様ではないようだ。

片倉さんは、その愛らしくもシュールな出で立ちから、町の人たちに愛されている。この小さな喫茶店にはいつも、いろんな人たちが片倉さんに会いにやってくる。

「吹奏楽部でしたよね。夏の大会が近いから、お忙しい時期でしょう」

片倉さんは、お客さん一人ひとりをよく覚えている。女子高生は〝マスターと話したい人用席〟すなわちカウンター席に腰を下ろした。

「そうなんです。部活も慌ただしいけど、大学受験を控えてるから勉強も疎(おろそ)かにはできないんです……」

なるほど、学生も大変だ。女子高生はメニューをさっと見て端の文字を指さした。

「レモンティーで」

「かしこまりました」

片倉さんが磨いたグラスを手に取った。

「あのねマスター。今日はマスターに相談があって来たんです」

女子高生は上目遣いに彼を見上げてそろりと切り出した。

「私、国語の授業がどうしても眠くて、絶対に寝てしまうんです」

絶対に寝てしまうって。それはそれですごい精神力だ。そして教師の方も、どんなにつまらない授業をしているのだろう。

「さすがに先生に失礼だなって思うんですけど、起きてられないんです。どうしたらいいでしょうか」

居眠り女子高生は真顔で尋ねた。

片倉さんはそのマスコット的な外見ゆえか、こうしてよくお客さんから相談事を持ちかけられている。

「そうですねえ……」

今回の相談にも、親身になって考えている。

「なにか、授業の中に楽しみを見つけてはいかがでしょうか」

片倉さんは手に持っていたレモンティーを彼女の前に差し出した。明るい赤茶色がきらきら、彼女の色白な腕に反射する。

「楽しみって……楽しくないから眠いのに」

「そうなんですけど、別のところにです。たとえば、その科目の先生をもっと好きになってみるとか、国語なら読んでいる文をもっと奥深く調べて、その深みを知ってみるとか」

片倉さんの頭が、自分の言葉に納得するかのようにこくこくと上下に揺れた。

「寝たらもったいないって思うくらいの」

「ふむ。なるほど！」

居眠り女子高生は納得してぱちんと手を合わせた。

「ありがとうございます！　明日からの授業、楽しく受けてきます」

彼女はパッと目を輝かせた。

「やっぱり、マスターに話してみてよかった。いつも相談に乗ってくれて、ありがとうございます」

「いえいえ、僕なんかでお力になれることがあれば」

片倉さんが猫頭を傾げる。女子高生が口にした、「いつも」という言葉を、私は頭の中で反復した。これくらいの年頃の子は、いろんな悩みを抱えている。私も高校生の頃、下手くそな恋をしてしくじって、涙で枕を濡らしていた。

「ねえ、マスター。私また躓くかもしれないから、そのときは助けてね」

女子高生が儚げに笑った。今日の相談こそ平和な内容だったが、きっとそれ以前にはもっと複雑な悩みを吐露していたのだろう。彼女の片倉さんへの信頼あふれる態度が、それを裏付けている。

高校生は多感な生き物だ。学校という現場はたくさんの個性のある人間が狭い空間に入り乱れている。だから皆がいろんな感情を抱え、悩み、それでいて幸せそうな日々を送る。

感情や悩みが交錯する。うまくいかない物事の糸は複雑に絡みあって、事態を余計に複雑にする。

「もちろんです。ぜひいらしてください」

片倉さんはその絡んだ糸を解こうとはしない。

「若いうちにいっぱい悩むのはいいことです。苦しくて辛いときは、こうして話しに来てください。それで少しでも、気持ちが軽くなるなら」

ただこうして話を聞いて、彼らが少しだけ円滑に動けるように、手を貸すだけ。

些細な世間話から、誰にも言えないような悩みまで。彼は匿名の存在としてありながらそれを受け入れる。

女子高生はふわりと微笑んで、きらきら煌めくレモンティーのグラスを口元で傾けた。

「うん、おいしい！」

「よかった」

片倉さんはいつにも増して穏やかな声で言って、猫頭を小さく傾げた。

『猫の木』のマスター片倉さんの、もうひとつの不思議なところ。

それは誰より人の心に寄り添える、猫の体温みたいな温かさである。ただの愚痴であれば相槌を打ちながら聞いてくれて、悩み相談なら一緒に解決策を考えてくれる。嬉しい報告をすれば自分のことのように喜んで、嬉しさを何倍にもしてくれる。

一年以上通う常連の私でも、彼の持つ癒し効果は不思議でならないのだ。

居眠り女子高生が現れた日の翌日。会社に初めての後輩がやってくる日だ。

初夏の風が心地よい、清々しい朝だ。

私は朝からわくわくして、ニヤつきながら自転車を漕いだ。後輩ができるのはもちろんプレッシャーを感じるが、それ以上に嬉しい。

会社に着いて数分後、朝礼が始まる。

「本日付けで経理部に配属になる桃瀬さんだ」

大型犬みたいなどっしりした風格の支部長が、隣に立つ若い女性を手で示す。示された彼女に注目が集まった。

「初めまして、桃瀬真智花です。よろしくお願いします」

ふわっとした明るい茶髪の、かわいらしい子だ。ぱっちりした大きな目元は丁寧にアイシャドウで彩られ、唇はつやつやと潤んでいる。女の私から見ても、ついじっくり見てしまうようなかわいらしさだ。

さすがはマンチカン、かわいい。なんて昨日の片倉さんの聞きまちがえを思い出してしまった。

「桃瀬、仕事のことは直属の先輩にあたる有浦に聞いてくれ。有浦、よろしく頼むぞ」

支部長が私に目配せをした。真智花ちゃんがこちらに目をやる。私は、彼女に微笑みかけた。

「有浦です。よろしくね」

「はあい、よろしくです」

真智花ちゃんもふにゃっと笑った。

朝礼のあと、私は真智花ちゃんを席に案内した。

「ここが真智花ちゃんの席ね。いちばん下の引き出しに業務マニュアル入れておいたから、しばらくはそれを見ながら少しずつ仕事を覚えてね」

そう言うと、真智花ちゃんはさっそく引き出しを開け、ファイリングされたマニュアルを取り出した。

「わあ、すごいですう。これ有浦さんがつくったんですかあ？」

マニュアルを捲る指先にはきれいなネイルアートが施されていて、飾りのストーンが照明を受けて輝いていた。真智花ちゃんが感嘆する。

「見やすくてわかりやすい。こんなのつくれて、有浦さん、かっこいいです」

「ありがとう。それほどでもないよ」

「なんか、隙のない女って感じですね」

ん？　なんとなく、女らしくない私を貶(けな)された気がした。いや、他意はないのだろう。褒め言葉と受け取ろう。

「隣が私のデスクね。だから、困ったことがあったらいつでも聞いて」

「え!?　ここ有浦さんの席だったんですか？　ペンとかクリップとかぜんぜんかわいくな

いから、男性の席かと思いましたあ」

……まだ若いし、天然で言っているだけだろう。べつに私をバカにしているわけではない、はず。

「ていうか、有浦さんネイルもしてないし、アクセもなにもつけてないですよねえ。バリキャリですねえ！」

キャッキャと明るく笑うかわいい後輩だが、私は彼女の中に闇を見た。今の、絶対に嫌味だ。この桃瀬真智花という女は、自分がかわいいことを自覚している。そしてフェミンさを捨てた質素な会社員である私を、敵にもならない底辺クラスと位置付けたのだ。

「かっこいいですう。どこまでもついていきますから、よろしくお願いします」

瞳をきらきらさせる愛らしい顔は、無邪気なように見えて腹黒さが滲みだしていた。


「めっちゃ苦手なんですよ、あのタイプ！」

仕事帰りに片倉さんの喫茶店に立ち寄り、私はグダグダと愚痴を垂れ流した。

「かわいいのはわかる。自覚してるのもわかる。でも周りを格付けしないでよ！　仮にも私は先輩だぞ」

「マタタビさんは、そういう女性らしい女性とあまり相性がよくないようですねえ」

片倉さんは、私の嘆きを聞きながらグラスを磨いていた。私は彼に出してもらった冷たいカフェオレに口を付けた。

「昼休みくらいゆっくりしたかったのに、『彼氏いるんですか』とか聞いてきて……いないって答えたら〝でしょうね〟みたいな顔するし。私がなにをしたというんだ」

どうもああいう、自己演出に力を注ぐタイプが苦手だ。自分をよく見せるのはいいことなのだけれど、そのための踏み台にされると腹が立つ。

私自身にも原因はある。私はずぼらなのか、恋愛が面倒くさくて自分磨きに手を抜いている。ここ何年も彼氏がいなくて、女としての価値が低いのは自分でもわかっている。そんな私と、あの男ウケを意識しまくった腹黒小悪魔ちゃんが相容れるわけがないのだ。

これからあの後輩とずっと一緒に仕事をするのかと思うと、先が思いやられる。楽しみにしていた分、落胆は大きかった。

「私、あの子と仲良くできる気がしません」

ぽつり零すと、片倉さんは苦笑した。

「まあ……あまりご無理をなさらず、適度な距離を保ってください」

合わないことは明らかだけれど、仕事だから仕方ない。これぱかりは我慢するしかない。

私は、カフェオレの水面に苦いため息を落とした。

そんなとき、店のドアベルがカランカランと来客を知らせた。

入ってきたのは、茶髪の前髪を横分けにした若いお兄さんである。ノーネクタイに半袖ワイシャツの涼しげな装いだが、その表情はいまいちパッとしない。

彼を見るなり、片倉さんは猫頭を傾けた。

「お久しぶりですね、先生」

「ご無沙汰です」

茶髪の青年は私の隣をひとつ空けて、カウンター席に座った。

先生ということは、この辺りの学校の教師だろうか。見ればその風貌(ふうぼう)は、どことなく学校の先生っぽくも見える。

「アイスティーを」

「かしこまりました」

からからとグラスに氷がぶつかる音がする。涼しい音色に耳を傾けていると、相変わらず曇った顔をした先生が切り出した。

「今日はマスターに相談があって」

「ほう。僕でよければうかがいます」

片倉さんがアイスティーを差し出した。浅い赤茶色が照明に煌めいている。

「最近、自分の授業に自信が持てないんです」

やはり、学校の先生でまちがいないようだ。

「生徒のひとりに、授業中かならず寝ちゃう生徒がいるんです。僕の授業では百パーセント寝るから、その話をした同僚の先生の間ではその子のことを『国語の眠り姫』と呼ぶほどに」

昨日店に来ていた、女子高生の顔が脳裏をよぎった。つまらない授業をしている国語教師は、この男のようだ。

「で、その生徒が今日初めて起きて授業を聞いてた」

「おや。よかったじゃないですか」

片倉さんがぽんと手を合わせた。

「しかしだ。急に寝なくなったと思ったら、授業中ずーっと落書きしてるんだ……」

ああ……。昨日の女子高生、そういう意味で〝楽しみ〟を見つけてしまったのか……。

先生は冷たい紅茶を口に含み、ため息をついた。

「教科書に載ってる顔写真という顔写真すべてに手を加えていた」

「すごいじゃないですか。眠り姫が起きてるなんて」

片倉さんがふふふと、着ぐるみの中で笑った。先生は真面目な顔で片倉さんを見上げた。

「たしかに寝てはいないけど。授業を聞いてもいないんです。顔写真も挿絵も落書きが施されてて、視界に入るたびに吹き出しそうになる。一度見てしまうと、もう授業どころじゃないんです、立派な授業妨害だ」

真顔だった先生の表情が、ほろりと綻(ほころ)んだ。

「しかも僕が横に立つとなんとなく落書きを隠すんです。いちばん前の席なんだからすでに見えてるのに……あれ、ばれてないとでも思ってるんですかね」

声色こそどんよりしているが、顔はもはやニヤニヤ笑ってしまっている。クオリティの高い落書きを思い返しているようだ。

「ふふふ。かわいらしい困ったさんですね」

片倉さんはなんのアドバイスもしなかった。

「これ、相談じゃないですね」

先生の方も自分でわかっていた。

「なんだか無性にマスターに話したくなってしまって」

「ええ、素敵なお話を聞けて僕もほっこりしてしまいました」

この間の抜けたやりとりを横で聞いていて、私もくすっと笑えてくる。楽しみの見つけ方をまちがえている女子高生も、便乗して楽しくなっている先生も、聞いているだけの片倉さんも面白い。

なんだかいろんなことがどうでもよくなってきた。

先生の気持ちはよくわかる。片倉さんには、なんでもないことを話したくなる。

「よし、僕、明日の授業も頑張ります！」

先生がキリッと目をあげた。ついでに私も乗っかった。

「私も負けない！」

カフェオレの水面が甘い香りを漂わせている。胸の中でモヤモヤしていた後輩の影は少し遠ざかって、気がついたら前向きな気持ちになっていた。

「ふふ。その意気です。あまり気張りすぎずに」

片倉さんがかぶり物の中から穏やかな笑い声を洩らした。

この喫茶店、『猫の木』に来ると、こんな効能がある。心の傷をふんわり癒して、温め直してくれる。この魔法みたいな居心地のよさは、不思議な猫頭のマスターの謎の能力のひとつなのだ。

Episode 2・猫男、企画する。

「この前ケーキつくったんですけど、すっごくおいしくできたんですよお」

とある日の昼休み、絶好調の真智花ちゃんに、私は辟易しぐったりしていた。

「チーズケーキ、ふんわり焼けたんですう！」

趣味がお菓子作り、甘いもの大好き……いかにもなかわいさのセルフプロデュースみたいなものを感じて、私は引きつった笑顔を携えて頷いているほかなかった。

残念なことに、おバカな男性社員たちがこのあざとさに騙されてしまっている。

「へえ、真智花ちゃんはお菓子作りが得意なんだね。俺も食べたいな」

「いいですよ！　今度つくってきます」

周到な狡賢(ずるがしこ)さが見え隠れする。

そうやって味方を増やしておけば仕事も円滑になるよね。人間関係は大事だよね。わかる。

でも、そのわざとらしさを私はどうしても受け入れられない。

彼女と話していた男性社員が去ると、私とふたりになった途端、話題の方向性が変わった。

「ケーキおいしいって、彼が褒めてくれるんです」

男性陣がいたときは口にしなかった、彼氏の影が顔を出した。

「クッキーも喜んでくれたし、私のつくるものなんでもおいしいって言ってくれるんです」

聞いてもいないのに、真智花ちゃんは勝手に彼氏くんの自慢話を繰り広げる。いや、そんな彼氏くんに愛されるかわいい自分アピールも兼ねている。

「やっぱ、結婚するならそういう人がいいですよね！」

きらきらした目で私に同意を求めてきた。

「そうだね。趣味が共有できて、褒めてくれる人は一緒に暮らしてもうまくいきそうだよね」

当たり障りのない返事で乗り切ろうとする。と、真智花ちゃんはうるうるした瞳で私を覗き込んだ。

「有浦さんは、結婚願望ないんですか？」

その言葉が妙にぐさりと、先の丸い刃のように胸に突き刺さった。

「だって、この前彼氏いないって言ってましたよね？」

真智花ちゃんはさらに畳みかけてきた。

「私、二十四歳までに結婚したいなって思ってて」

私、現在二十七歳。未婚どころか、彼氏なし。

「子供もほしいし、できるだけ早く結婚したいなって思うんです」

真智花ちゃんのマシュマロみたいな声が、ドロドロと私の頭の中に染み込んでいく。格下の私に対する嫌味としか受け取れないような台詞が、天然っぽく発される。

「ああ、うん……真智花ちゃんの子供なら絶対かわいいよね」

心を落ち着かせて、穏やかに返した。

その日の帰り道、私は自転車で海浜通りを走りつつため息をついた。

真智花ちゃんの喧嘩を売るような言動よりも突き刺さるのは、言われてもなにも言い返せない自分自身の現状だった。悪意は感じるが、彼女の言うことは至って一般的な発想なのだ。

結婚適齢期のことや理想の相手、家庭を持つ夢。このくらいの年頃の女性なら、気にしているのが当たり前なのかもしれない。考えてみたら、私の学生時代の友人ももう既婚者が増えてきている。私も、恋愛も結婚も面倒だなあと思いつつ、心のどこかで焦り(あせ)のようなものは感じていた。

でも、それがリアルな言葉になって耳に入ってくると、どうにも落ち着かない気分になってくる。

暗い気分のまま自転車で駆けること数分、いつもの喫茶店に辿り着く。扉を開けて、店内に入る。

「マタタビさん。いらっしゃいませ」

片倉さんの温厚な声が出迎えてくれた。柔らかなコーヒーの香りとふんわりした黄色っぽい照明、そこに片倉さんの猫頭が交わって、ふっと心を穏やかにする。同時にくたっと情けない吐息が洩れた。

「おや。ため息なんかついちゃって、どうなさったんです」

片倉さんが小首を傾げる。私は彼の正面の席に腰を下ろした。

癒しの猫頭を見ていると、ついつい愚痴を零したくなる。

「私、やっぱり後輩のあの子が苦手です……」

「ああ、後輩の方……えーと、マンチカンさんでしたっけ」

「真智花です」

いっそマンチカンさんだったら、全力でかわいがったのに。

「悪気があるのか天然なのか、ちまちま毒を吐いてくるんです。でもきつく怒るのも大人げないですよね」

「いいじゃないですか。いっそのこと思い切り、言いたいことバシバシ言っちゃうのも、案外気持ちいいかもしれないですよ」

片倉さんにしては珍しい、他人事っぽい意見だった。けれど今そう言ってほしかった私は、胸がじわっと温かくなった。

「もうバシバシ言っちゃおうかなあ。爽快だろうなあ」

「ああ、でも」

片倉さんがふいに真面目な声を出した。

「それがきっかけで転勤になったら困ります。ここに来てもらえなくなってしまう」

「あ、そっか……来れなくなっちゃう」

　ふう、と息をついてメニューに目をやる。今日は冷たいミルクコーヒーにしようかな。片倉さんのお気に入りの、こだわりの豆のやつを注文する。

「……ん？」

　顔をあげて、茶トラ白の後ろ頭を見上げる。かぶり物の頬の毛が、窓風に吹かれてそよそよしている。

「片倉さん、私が来なくなっちゃったら寂しいですか？」

「そうですねえ。困ります」

　片倉さんはあっさり答えた。

「ニャー助の様子が不透明になります」

「ああ、そうね……」

　離れるのが寂しいのは、私ではなくてニャー助か。

「ニャー助は今日も恙(つつが)なく元気ですよ」

「それはよかった。この前、おいしそうな猫缶を見つけたので、帰りにお渡ししますね」

「ありがとうございます。じゃ、食べてるところ写真に撮ってきますね」

「それはありがたき幸せ」

　片倉さんがぺこりと会釈した。

猫缶を喜ぶニャー助も、そのニャー助を喜ぶ片倉さんも、どちらも楽しみだ。

想像しながら目の前に置かれた甘めのコーヒーを楽しんでいると、ドアベルの音とともに叫び声が飛び込んできた。

「マスター！」

やってきたのはおとなしそうな黒髪の青年。

「マスター！　俺決めた！」

二十代後半くらいだろうか。シンプルな造作に服装もシンプルな、シンプル極まりない男だが、その顔は興奮で赤みを帯びている。

「いらっしゃいませ。なにをご決断なさったんですか？」

高揚する男を前にしても、片倉さんは冷静に尋ねた。青年が落ち着かない足取りで歩み寄ってきて、カウンターに手を突く。

「あのね、今日、俺の彼女の誕生日なんだけど」

様子から見て、常連さんのようだ。片倉さんは相変わらず落ち着いた口調で返す。

「ほう。おめでとうございます」

「彼女、このあとここに来るから。ここでディナーだ。あ、予約とかいるの？　間に合う？」

「ではお席をとっておきます」

「よっしゃ。じゃあパスタ！　カルボナーラね！　彼女、ここのカルボナーラ好きだから」

それを聞いて、私は勝手に彼女とその彼女に共感した。片倉さんのつくるカルボナーラは、一度食べたらやみつきになる絶品である。香るチーズはくどすぎず、それでいてあっさりしすぎず、生クリームの豊かな風味が舌に残る。ソースの絡んだ厚切りのベーコンなんか、すごく贅沢な気分にさせてくれるのだ。

興奮が冷めない男は、要領を得ない喋り方で次々と言葉を繰り出す。

「俺が彼女に、誕生日プレゼントを渡す。で、彼女が『わあ、素敵』って言うじゃん。そしたらね」

彼女の台詞まで設定してきているのか。私と片倉さんと彼との間にたしかに存在する温度差もまるで気にせず彼は続けた。

「そしたら俺が、『プレゼントはそれだけじゃないんだ……』って言うから、そのタイミングで」

男は肩から引っさげた黒い鞄にずぼっと手を入れた。慌てふためきながらがさごそと中をかき混ぜ、ぱっと手を引っこ抜く。

「これを！　マスターに運んできてもらいたいんだ！」

彼の手の上にのっていたものは、黒い小さな箱だった。思わず目を瞠（みは）る。

指輪だ！　指輪の箱だ。

黒い箱は、喫茶店の黄色っぽい照明に当てられて、ふんわりと手の上に鎮座している。

「本当は高級レストランとかでやるものなのかもしれないけどさ。俺と彼女にとっては、ここの方が合ってるから」

えへへ、と男が照れ笑いをした。それから指輪の箱をずい、と片倉さんに差し出す。

「マスター、お願い。協力して」

「そんな重要な役回りを、僕なんかがいただいてよろしいんですか？」

「マスターにしか頼めないんだよ」

男がさらに箱を片倉さんに押し付けた。片倉さんは遠慮がちに手を伸ばし、箱を受け取った。男は赤くなった顔をもっと赤くして、にこっと笑った。

「ありがとうマスター。あと三十分くらいしたら、彼女連れてまた来るから」

男がご機嫌で去っていく。浮き足立った様子で、外に出ていった。ぱたん。扉が閉まる。

「すごいじゃないですか、片倉さん！」

私はカウンター越しの片倉さんに拍手した。

「それ指輪ですよね。さっきのお兄さん、地味な見た目のわりにロマンティストなんですね」

彼はまだ呆然と扉を見つめている。

「そうですねえ……すごく重要な仕事を任されてしまいました」

あの青年の喋り方は要領よくなかったが、要するにプロポーズである。

恋人の誕生日に、プレゼントとは別に指輪を用意して、ディナーの場で店の者に持ってこさせる。ドラマチックなシチュエーションを演出することができそうだ。

が、ちょっと疑問は残る。

「僕なんかに務まりますでしょうか……」

それをこの猫頭にやらせてしまうとなると、どう頑張っても間抜けな絵面になる気がする。

「とりあえず……その頭、今回くらい外したらどうですか」

「いえ、これを外してしまったら彼らには僕に見えないでしょうから」

頑なだ。外させるいい口実になると思っていたのに、見事に躱(かわ)された。

「そっかあ。ついにあのふたりもね……」

ふいに、片倉さんが扉を見つめながら呟いた。

「よくいらっしゃる方なんですか？」

「はい、彼女さんと一緒に」

猫の頭はまだ扉を見ている。

「とっても仲睦まじくて、見てるこっちがどきどきさせられます」

「へえ……」

「ずいぶん長くお付き合いしてらしたみたいなんですが、あの男性がなかなか奥手で先に進まなくて……。それが、ついに。彼も決断なさいましたか」

ぽつぽつ話してから、ハッと私の方を向き直った。

「失礼。お喋りが過ぎました」

「あはは、いいじゃないですか」

なんだか微笑ましい。片倉さんがここまで気にかけているカップルが、この喫茶店でプロポーズ。ただちょっとだけ、胸にかすり傷ができた気がした。結婚云々でギラギラしていた真智花ちゃんとの会話のあとだったからだ。私も漠然とした不安を抱えていたこのタイミングで、プロポーズの話題。

「それじゃ、カルボナーラの準備でもしましょうか。店からのサプライズでケーキも用意しようかな」

かぶり物は無表情だが、片倉さんが嬉しそうなのはわかる。

「なんだか地味だけど、応援したくなる感じの、誠実そうなお兄さんでしたね」

パスタの用意をする片倉さんに言う。彼は上機嫌に返した。

「そうですねえ。愛情深くて気の優しい方で。あのおふたりの幸せに、僕が貢献できるなんて光栄です」

そうだ。私も自分の不安は一旦置いておいて、あの青年を応援しよう。

「マタタビさん、見て見て。なかなかきれいにできました」

片倉さんが無邪気に声をかけてきたのは、その十分後だった。

傾けて私に見せてきた皿には、ふたりで食べきれるくらいの小さなホールケーキがのっている。生クリームの白いステージにいちごがのった、かわいらしいケーキだ。

「すごい……それ十分でつくったんですか？」

「急いだので、スポンジを焼いたりはできませんでしたが……」

完全な手作りではないことを少しばかり悔しそうにしているが、丁寧な仕上がりから気持ちが伝わってくる。

「これを食後に持っていって、祝福するんです」

粋な人だ。その猫のかぶり物さえ被っていなければ。

「そうだ、とっておきのワインがあるからそれも」

声こそ落ち着いているが、いつもより少しだけテンションが高い。かぶり物のせいで顔は見えないのに、嬉しそうなのだけは伝わってきて、こちらまで頬が緩む。

やがて先程の男性客が女性を連れて入店してきた。三十分後と言っていたくせに、気持ちが高ぶっているのか、かなり早い。ちょうど、私がそろそろ帰ろうと思ったタイミングであった。

「なに？　重大発表って」

後ろからついてきた女性は怪訝な顔をした。

男もシンプルだが、彼女もシンプルだ。微かに茶色っぽく染めた髪を肩に垂らして、おとなしそうなワンピースに身を包んでいる。格好はシンプルだけれど、かわいらしい顔立ちだ。

「重大発表だから、ちゃんと座って落ち着いてから話そう」

地味男はやはり興奮した様子だったが、女性は落ち着いていた。

「ふうん。ちょうどいいね、私も重大発表があるの」

「え？　そっちもあるの？」

男が目を剝く。彼女は頷いた。

「あるよ。私はあとでいいから、あんたから先に発表してもいいけど」

「いや！　だめ。俺の方が絶対重大発表だから、俺があと」

「そう」

男は落ち着かない様子でテーブル席につく。

私の席からでも、少し右を向くだけで両者の横顔が見える。

帰ろうと思っていた私は、続きが気になって動けなくなった。ちらとカウンターの向こうを見る。片倉さんはいつもどおり、おとなしく作業している。

「マスター、カルボナーラふたつね！　あと、いつものコーヒーも」

男性が用意していた台詞を言う。片倉さんは自然な所作で下準備していたカルボナーラを用意しはじめた。

私はというと、なるべく背景に馴染むように静かに最後のミルクコーヒーを啜りながらちらちらとふたりの観察をしていた。

「ええと、まずは。誕生日、おめでとう」

男性の声が少し小さくなる。緊張しているのが見え見えだ。

「うん、ありがと」

「これ……プレゼント」

　ごそり、男性が鞄から小さな袋を出した。黄色い袋にオレンジ色のリボン。喫茶店の黄色っぽい照明が柔らかに照らし、その可憐さを際立たせる。

「ありがと……」

　女性はプレゼントに手を伸ばした。が、なんだろうか。少しばかり気まずそうに見える。女性の陰の差した顔色に気がつく余裕がないのか、男性はいそいそと話を切り出した。

「それで、重大発表なんだけど……あ、セリフまちがえた」

　自分でシナリオを用意したくせに、まちがえている。

　片倉さんがカルボナーラをふたつ持って、ふたりの席に歩み寄った。

「カルボナーラと、コーヒーです」

「あ、そうだ、えっと……」

　男性が慌てて立て直そうとする。見ているこちらがひやひやする。

「そうだった、重大発表、そっちもあるんだったね」

「うん。いい？」

　女性はカルボナーラにフォークを突っ込んだ。

「私たち、別れよう」

　グラスに口をつけていた私は、そのまま凍りついた。

　え、今なんて？

男性が口を半開きにして固まっている。片倉さんは、こちらに戻る途中で一瞬歩を止めたが、まるで聞いていなかったかのように自然に戻ってきた。

なんだって。今、別れるって言った？　幻聴であってくれ。

店内に気まずい沈黙が流れる。

「え……え？」

ようやく男性が声を出した。震えて掠（かす）れた、情けない声だった。

「え、なに、別れるって？」

「うん、だからさ。私たち、もう無理だと思うし」

女性は淡々と言いつつ、フォークに巻いたパスタを口に運んだ。男の顔色が変わる。

「なんで？　なんで⁉」

「なんでって……」

女性がギロッと彼を睨んだ。

「自分で心当たりないの？」

なんだ、これ。

馴染みの喫茶店で、彼女の誕生日にプロポーズ。そんなロマンチックな場面になるはずだったのに。それが、この修羅場だ。

カウンター越しの片倉さんに向き直る。彼はあくまで落ち着いていて、なにか声をかけたりフォローするでもなく、じっと下を見ていた。

片倉さん、と無声音で呼ぶ。返事はない。

先程から見ていたからわかる。下を向いているのは、そこにあるケーキを見ているからだ。彼がサプライズで用意した、生クリームのケーキ。

「心当たりって……なんだよ。そんなのねえよ」

男性が裏返った声を出す。

「しらばっくれないで！」

突然、女性が大声を出した。

ガタッと音を立てて、女性が立ち上がる。振動でテーブルの上の皿がガシャンと叫んだ。フォークが床に落ちる。

「見たんだから！　ほかの女の子と歩いてるの、私、見たんだから！」

「え⁉　ええ⁉」

男性は間抜けにも、慌てることしかできない。女性がじわりと涙ぐむ。

「なんなのよ。その日は会えないって言うから、我慢してたのに。ほかの女の子と遊んでたなんて。ごめん、悪いけど許せない！」

そんな。片倉さんの話を聞くかぎり、仲のいいカップルで、誠実なあの男性は引っ込み思案なりに彼女に尽くしていたはずなのに。

「じゃ、そういうことだから」

女性はテーブルにくしゃっと代金を置いて、席を立った。食べかけのパスタも受け取ったはずのプレゼントも、そのまま残して。それらと同じようにテーブルに残された男性は、魂が抜けたようにぼうっとして、散らかったままの残骸を見つめていた。

カウンターの向こうの片倉さんが、コト、と小さな音を立てた。エプロンのポケットに入れて出番を待っていた、指輪の箱を置いた音だった。

誠実そうなあの男性が、浮気。それも、彼女に目撃されたなんて、要領が悪い。いや、今まで私が見ていたかぎりの行動も、かなり要領が悪かったけれど。

彼はまだ、無言で口をぽかんとさせていた。まばたきすら忘れているのか、置物のように動かない。

片倉さんも、無言で洗い物を始めた。しんと静まり返った店内では、しゃー、という水の音が妙に響いて聞こえた。

「……なにしてるんですか？」

私は沈黙を破った。返事はない。男性はまだ、蠟人形のように固まっている。

「なにしてるんですか！」

今度は大声で叫んだ。座っていた男性がびくっと肩をはねさせた。

「あなたに言ってるんですよ！　なにじっと座ってるんですか！」

「え、あ、でもどうしたら」

男性があわあわと狼狽しつつ私の方を向く。

「アホか！　追いかけないバカがどこにいるんですか！」

ばんっ！とカウンターに手を叩きつけた。空のグラスがガチャッと鳴った。男性は半泣きでおろおろしている。

「それで、追いかけて、どうすれば」

「知るか！　そこからはあんたの気持ちの問題でしょうが！」

我慢ならなかった。

見守るだけのつもりだったのに、口を出さずにいられなかった。

「いいか、地味男」

私はガタンと席を立って、男性に歩み寄った。

「草とか食ってそうなくらいおとなしそうなあんたが、時間かけてじっくりかわいがってきた彼女でしょ。ここまでのプラン考えて、指輪まで用意して、それでもグダグダになる。そんな不器用なあんたに、浮気なんてしてる余裕がないことくらい、他人の私でもわかるのよ」

男性はぽかんと私を見上げている。私はじろりと彼を見下ろした。

「そんなこともわからないあのバカ女に、あんたの正直な気持ちぶつけてきなさいよ！」

「え？　あ、は、はい！」

地味男は妙にキレのいい返事をして、慌てて立ち上がった。持ってきていた鞄が椅子から転げ落ちて床に叩きつけられる。彼はそれすら拾わず、身ひとつで走りだした。

扉でもたついた彼に、片倉さんが歩み寄った。

「お忘れ物ですよ」

きょとんとしている彼の手に、指輪の入った箱を握らせる。

「……いってきます！」

地味男は地味な顔面をきゅっと引き締めて、扉を開けた。思い切り引いたせいで、ドアベルがガランと乱暴な音を立てた。

地味男が女性の名前を呼びながら駆け出していく。

きい、と自然に閉まった扉の前で、しばらく片倉さんは閉じた扉を見つめていた。乱暴に扉を閉められた余韻で、ベルがからから揺れている。

「まったく」

私はもともと座っていたカウンター席に戻った。

「見てられないわね。ひと昔前に流行（はや）った、草食系ってやつ？」

どすんと椅子に腰掛けた。片倉さんが振り向く。

「奥手な彼をあんなに情熱的にさせるなんて、さすがですね、マタタビさん」

「べつに、私は言いたいことを言っただけですよ」

「僕は、言いたくても言えませんでしたから」

彼はパスタの並んだテーブル席に向かい、床に横たわる鞄を拾った。

「マタタビさんのそういうとこ、すばらしい才能ですね」

「はは。素直に喜んでおきます」

言いたいことを我慢できないのは、わりと叱られる短所である。褒められたのは初めてだ。

「それにしても、あの人とろくさいし段取り悪いけど、一生懸命彼女を喜ばせようとしてるのに、彼女には伝わってないんでしょうか?」

彼の出ていった扉を一瞥する。ドアベルは揺れるのをやめて、しんと止まっていた。片倉さんは、こちらを見ずに言った。

「難しいですね。おそらく伝わってはいるんでしょうけど、だからこそ不安になることもあるのかも。空回りというか、気持ちがうまく伝わらないのって、もどかしいですね」

「……なんていうか、面倒くさいですよね」

ため息をつく。まったく、恋愛なんて面倒くさいだけなのに。どうしてそんなに他人のことなんか好きになれるのだろう。こんなふうに思ってしまう私は、やはり恋愛に向いていなくて、結婚にも向かないようだ。

「まちがいなく浮気はしてなさそうですよね。あの女性、絶対なんか誤解してるわ」

「そうですねえ。あの方はお姉さんがふたりと妹さんがひとりいらっしゃるし」

片倉さんが半笑いする。なるほど、誤解を招きやすそうなきょうだい構成である。

「片倉さんは、ごきょうだいは?」

尋ねてみる。彼は静かにテーブルの片付けを続けている。

「姉がひとり」

「ああ、果鈴(かりん)ちゃんのお母さんですね」

この店にもよく遊びに来る、片倉さんの姪っ子のことを思い出した。片倉さんが聞き返してくる。

「マタタビさんは？」

「兄がいます」

先程までの嵐が嘘だったかのような、穏やかでなんてことのない会話だ。それにしても、片倉さんが弟か。勝手に想像してみる。お姉さんまで猫頭を被っていたらどうしよう。

「ニャー助にもきょうだいがいるのかなあ」

片倉さんがぼやく。なんて平和な呟きだろうか。

「猫ですからね。きっとたくさんいますよ」

「ふふ。会ってみたいですねえ」

食器のぶつかるかちゃかちゃという音が、静かな店内に響く。眠たくなるような時間の流れ方だ。

「あ、そういえばこの前の、面白授業はどうなったんでしょうか」

私はふいに思い出して、片倉さんに聞いてみた。

「昨日終息を迎えたそうです。眠り姫がすべての資料に落書きをしおえて、また寝るようになったそうで」

なんだか本末転倒のような気がする。

ぼんやりと空のグラスの底を見つめてみる。透きとおる円に目線を落としていると、片倉さんがテーブル席の空いたカップを持って近づいてきた。

「おかわり、いります？」

「いただこうかなあ」

平和だ。片倉さんはカウンターに入った。

からん。ドアベルが揺れる。今度は落ち着いた音だ。

「いらっしゃいませ」

片倉さんは振り向いてから、あ、と小さく零した。

「まったく……計画が台無しだ」

入ってきたのは、顔をまっ赤にした地味男と、彼以上にもっとまっ赤になった、彼の彼女だった。

「……うん、ごめん」

先程のバカップルが戻ってきた。

「聞いてくださいよ、マスター」

男性は、片倉さんが片付け途中のテーブル席についた。

「彼女へのプレゼントを妹と選んでたのを、浮気だと勘ちがいしたみたい」

あ、やっぱり。片倉さんが呟いたとおりだ。

「ごめん、私の早とちりだった」

女性は申し訳なさそうに頭を下げた。プロポーズ直後のカップルの光景とは、とても思えない。

「とんでもない誤解だったよ。妹、何度も会ってるじゃん」

「後ろ姿しか見えなかったから、わかんなかった」

女性はじろっとばつが悪そうに彼を睨んだ。片倉さんがふたりに向かってくすりと笑った。

「それはよかった。では、仲直りのお祝いに」

猫頭を軽く傾げて、ここぞとばかりにカウンター越しに彼らにケーキをお披露目した。

「ええ！　マスターいつの間に」

ふたりがケーキに目を丸くする。驚いてもらえて、片倉さんは満足そうだ。

「パスタ、伸びたので茹で直しますね」

片倉さんは私にコーヒーをついで差し出してから、調理場に向かった。

「食後に出すつもりだったんじゃないんですか？」

こそっと尋ねてみると、片倉さんは、あっと短い悲鳴をあげた。

「うっかり今言ってしまいました……」

私はコーヒーをひと口啜って、ちらっとだけカップルの方を見た。女性の左手の薬指に指輪が煌めいている。

私と片倉さんがなんでもない話をしている間に、このふたりには恋愛映画を思わせるようなドラマがあったのだろう。それは私たちが知らない、そして、知るべきではないふたりの思い出になる。そしてこれから、ふたりで未来を描いていく。指輪を渡すってそういうことなんだなあと、子供みたいな感想を持った。

カルボナーラのチーズの匂いがする。柔らかくて心地よい匂いだった。

ケーキを食べた彼らは、片倉さんにぺこぺこお辞儀をして去っていった。喫茶店には、私と片倉さんだけが取り残された。

「ロマンチック計画は失敗。人騒がせな夫婦ね」

カウンターに頬杖をついてぼやく。

「片倉さんも、ケーキのこと言うタイミングまちがえたし、用意してたワインのことなんか忘れてたでしょ」

「そうですねえ。舞いあがっちゃいましたね」

片倉さんは自嘲気味に笑った。この人が冷静さを欠くなんて珍しい。いつも何事にも動じないのに。

「ひやひやさせられたけど、結果オーライでしたね」

「あれが、おふたりの絆の証なんでしょうね」

片倉さんは手元でなにやら作業しながら、きれいだけれど陳腐(ちんぷ)な言葉でまとめた。

「巻き込まれる方は、たまったもんじゃないわ」

「マタタビさんは、あまのじゃくですねえ」

手元に視線を落としつつ、着ぐるみの中からふふっとご機嫌そうな声が洩れた。私は、片倉さんに苦笑した。

「なんていうか、他人と寄り添って生きようとすると、どうしても衝突してしまうものなんですね」

ずいぶん長く付き合ったという先程のカップルですら、誤解が生じて喧嘩してしまうのだ。私みたいなかわいげのない女とだったら、もっとうまくいかないだろう。

「やっぱ無理だなあ。私には真似できないよ。きっと一生結婚できないな」

虚しい自虐を呟く。片倉さんはかぶり物の瞳で静かに手元を見据えていた。顔が隠れているせいで、表情が読めない。

ふと時計を見ると、すでに閉店時間を過ぎていた。

「もうこんな時間……ごめんなさい、遅くまで」

慌てて帰ろうとすると、片倉さんの猫頭がこちらを向いた。

「え、帰っちゃうんですか？」

「え？」

視線を送り返す。片倉さんはしばしぴたりと固まっていた。

「いえ、こちらこそ拘束してすみません」

「なに？　今、引き留めようとしました？」

にやっと笑うと、彼はぷるぷる首を振った。

「いいえ、まさか」

「寂しいんですか？」

「まさか」

頑なに首を振る。着ぐるみの頭がぐらぐらして不気味だ。しかし、なんだろうか。いまいち懐かないノラ猫を手懐けたような気分である。

「心配しなくてもまた来ますよ。それじゃ、失礼します」

今度こそ帰ろうと、一歩踏み出す。

「あ、ちょっと」

また、片倉さんが呼び止めた。

「今度は本当に引き止めましたよね！」

「あの」

片倉さんがカウンターの内側からひょこっとなにか差し出してきた。ええと、これは。

「ケーキ？」

小さな皿にのった、手のひらサイズのケーキだ。キャラメル色のムースは猫の顔の形にかたどられて、ジェル状のソースで彩られている。

「さっきから、なにかつくってると思ったら……これをつくってたんですか」

半透明のソースで覆われた猫型のムースが照明を反射する。片倉さんはいつもの落ち着いた声で言った。

「はい、よかったら召し上がってください」

カウンターの上に皿が置かれる。

「と、ニャー助にお伝えください」

……ニャー助のなのね。

「ムースとソースは、猫缶からつくりました。中には煮干しと鰹節が入ってます」

「ああ、どうりでしょっぱい匂いがするわけですよ」

「友人の獣医師から教えてもらったレシピなので、安心して召し上がっていただけます」

片倉さんは手際よく箱を組み立てて、猫用ケーキを詰めた。

「サプライズに失敗しましたから。このままでは終わりたくない。これはニャー助へのサプライズということで……」

「意外に負けず嫌いですよね」

苦笑いする私に箱を手渡して、片倉さんは続けた。

「写真、お願いしますね」

「はいはい。かならず撮ってきますよ」

「そうだマタタビさん、ワインは飲まれます？」

片倉さんが小首を傾げた。

「とっておきの？」

「そうです。当店はお酒は取り扱っておりませんので、あくまでプレゼントとして差し上げます」

先程のカップルに出そうとしていたはずのものだ。

「私がいただくわけにはいきません」

やはり、特別なものなのだろうし。

「でも、片倉さんが一緒に飲んでくれるなら別ですけど」

いたずらっぽくにやけてやると、彼はとんとん、と指で猫頭を叩いた。

「酔ってこれを外しちゃうと困るので」

なんだって。

「それならなおさら飲みましょうよ！」

「だめです」

「いいじゃないですか、もう時間外なんだし」

「だめです」

片倉さんは頑なにかぶり物を両手で押さえている。

「私が飲んだって、悪酔いして無理矢理その猫頭を没収するかもしれないです」

反論すると、彼は頭を押さえたまま言った。

「では、お酒はまたの機会に」

「そうですね」

私もおとなしく引き下がった。

「私たちが一緒に飲むのは、あなたがそのかぶり物を脱ぐときですね」

そんな日が来るのか、わからないけれど。

「楽しみにしてますよ」

「そうですねえ」

片倉さんは、いつもの温厚な声で言った。

Episode 3・猫男、暗示する。

初見の八割れ猫と私が出会ったのは、夏のとある夕方のことだった。

いつものように喫茶店に寄り道したら、お店の前で丸くなっている白黒模様の猫と目が合ったのだ。もっちりしたふくよかな猫で、おでこから鼻にかけて八の字に色が分かれている。黄色い切れ長の瞳で私を見据えていた。この辺ではあまり見かけない子だ。私を見ても逃げようとはせず、おとなしく手足をお腹の下にしまっている。

「あっ、マタタビさん。お疲れさまです」

店の扉が開き、片倉さんが猫頭を覗かせた。それから店の前の猫に気づき、かぶり物の目を輝かせた。

「これはこれは、おかわいらしいお客様が見えている」

猫好きの片倉さんは、瞬時にしゃがんで間近で眺めはじめた。かぶり物を目の当たりにしても、八割れ猫は逃げずに鎮座している。

「おとなしい子ですね。貫禄がすごい」

私も正面に座り込んだ。片倉さんが猫の額にそっと手をのせると、猫は気持ちよさそうに目を閉じた。ずいぶん人懐っこい猫だ。

「ふふふ、なんと愛くるしい……くっしゅんっ。失礼しました」

片倉さんが顔を背けて肩を弾ませた。彼はこうして衝動的に猫を触ってしまうが、酷い猫アレルギーである。かぶり物というマスクをしていてもこの早さで反応するのだから、よほど敏感なアレルギー体質のようだ。

「首輪をしてますね。迷子でしょうか」

片倉さんがそっと猫の胴に手を滑り込ませる。猫はにゃーと間延びした声をあげたが、おとなしく抱きあげられた。ころんとお腹をこちらに向けられると、たしかに猫の首には赤い首輪が巻き付いているのが見えた。

「ほんとだ。飼い主さんが捜してるかもしれませんね」

首輪の裏に連絡先でも書いてないか、片倉さんがチェックしはじめたときだった。

「チャコ！」

背後から、男性の声がした。振り返ると、眼鏡をかけた白髪交じりのおじさんが、息を切らして走ってくるのが目に入った。

「すみません。その猫、うちの子です」

よほど走ったのか、彼は腰からぐったり体を折り曲げて息を整えた。

「大丈夫ですか？　ちょっとひと休みした方が」

私が提案すると、彼ははあはあと荒い呼吸を繰り返しながらこくんと頷いた。

走り疲れてぜいぜいしているおじさんは、そのままお店に入って休憩していくことになった。

「いやあ、歳ですね……。ちょっと走るとすぐに息があがっちゃうんですから」

おじさんが疲れ気味な顔をくしゃりと歪めて笑う。見たところ四十代くらいだろうか。私の父よりちょっと若いくらいに見える。

「チャコのこと、助かりました。じつはこの店が『猫の木』という名前だから猫カフェだと思っていて。もしかしたらチャコが保護されているかもと希望を持ってきたんです」

それから彼は、抱えてきたキャリーに入ったチャコを一瞥した。

「猫カフェではなくて、マスターが猫だったことには驚きましたが……いずれにせよ捕獲してくださって、ありがとうございました」

「いえいえ。チャコさんが人懐っこい子でよかったです」

片倉さんはおじさんの注文した冷たい紅茶を差し出した。猫の毛が付着したエプロンとかぶり物は、店の奥の事務室で新しいものに着替えてきたようだ。

「あの……その、着替えのかぶり物……」

私はおずおずと片倉さんを見上げた。

「チャコさんに合わせたんですか？」

片倉さんのかぶり物はいつものしましま茶トラ模様ではなく、白地に黒い八割れ模様に替わっていたのだ。頭は黒、おでこから鼻にかけて白に切り替わっていて、ちょうどチャコそっくりの模様の入り方である。

「気づいていただけましたか⁉　洗い替えは何種類かあるんですけど、せっかくですので勝手ながらお揃いにさせていただきました」

片倉さんは嬉しそうに声を弾ませた。チャコとのお揃いに着替えたお陰で、今はだいぶアレルギー症状が治まっている。おじさんは息を整えながら、紅茶を啜った。

「マスター、チャコを捕まえてくださって本当にありがとうございました。チャコが見つからなかったら、私……」

おじさんは紅茶のグラスに両手を添えて、カウンターに深いため息を落とした。

「見つからなかったら、二度と家に帰れませんでした……」

「そんな、大袈裟な……」

隣で聞いていた私が苦笑すると、おじさんも自嘲気味に笑った。

「部屋の窓が開いていたのは私の書斎だけで……私の不注意でチャコを逃がしたことは明白でした。幸いというか、たまたま妻と娘は外出していたんで、チャコがいなくなったことは私しか知りません。ばれてしまったら、たとえチャコが無事に見つかったと言ったって許してはもらえませんよ」

それから、彼は紅茶をちびちび飲みながらまたチャコを見下ろした。

「はあ。妻と娘が帰ってくる前に、何事もなかったかのようにチャコを戻さないと」

重そうに腰をあげた彼を、私は目で追った。行かなくちゃと口では言っているけれど、気が重そうである。会社の上司などでも、こういう人はよくいる。家庭で居場所がない、いわゆる〝干されている〟おじさんだ。

「チャコさんのご主人さん」

立ち上がる彼に、片倉さんがそっと声をかけた。

「どうぞまたいらしてください。今度はゆっくり、ケーキでも食べながらお話ししましょう」

片倉さんが穏やかに言った瞬間、おじさんはぴたりと固まって片倉さんに釘付けになった。それからくたっと体の力が抜けたみたいに、泣きそうな笑顔を浮かべた。

「そんなふうに優しく声をかけていただいたの、久しぶりです……」

おじさんは崩れ落ちるように、再び椅子に腰を落ち着けた。片倉さんは黙ってカップを磨いている。私は、おじさんの顔を覗き込んだ。深刻な顔をしているのかと思ったら、案外諦めたような笑顔を浮かべていた。

「妻とも、中学生になった娘とも、そんな温かみのある会話をしていないんです。そんな言葉があることすら、たった今まで忘れていました」

彼は笑顔だったけれど、声は片倉さんの言葉にすがるように震えていた。

「妻は更年期で倦怠期、娘は反抗期。ふたりともイライラして私を煙たがるので、私は家庭で肩身が狭くて。どこの家もそうなんですかねえ」

おじさんの告白を聞いて、私は自分の実家を振り返った。そういえば私も中学生のときは、お父さんに冷たくしていたかもしれない。今思うと、可哀想なことをしてしまった。

「うーん……奥さんも娘さんも、心身の変化でナイーブな時期なんですよ。大丈夫、そのうちまたもとに戻りますって。私も、かつてはお父さんと怒鳴りあいの喧嘩をしてましたが、今はわりと仲いいですよ」

「そうですかねえ。でも、それって根底に愛情があったからじゃないですか？」

おじさんがさらっと返してきた問いに、私は思わず口を噤(つぐ)んだ。

「私の場合、私自身が嫌われてるような気がしてならないんです」

おじさんがずんと暗い顔をした。

「妻とは、愛しあって結ばれたはずでした。娘はほんの数年前まで、パパ大好きって抱きついてくれました。それなのに今は、ほとんど会話をしていない。たまに声を聞いたと思えば、私の悪口か文句ばかりで」

彼は拳を握りしめ、カウンターに軽く打ち付けた。

「彼女たちは、いつから変わってしまったのでしょうか」

拳がふるふると小刻みに震える。

「私はいつから、こんなふうにふたりに怯えているのでしょうか。いつか愛せなくなってしまうんじゃないか……なんて、ときどき思ってしまうんです」

私は彼の枯れたような横顔を眺めて、絶句していた。

家族のために働いても、家に居場所がない。猫を逃がした失態を、報告することすらできない。それだけ心の距離のある家族の中で、この人はどれだけ息苦しい思いをしているのだろう。

真智花ちゃんのきらきらした目を思い出す。結婚に夢を抱いて幸せを期待する、そんな瞳。しかし、目の前の男はまさに人生の墓場に入ってしまったかのような、死んだ魚の目をしている。私は独身のくせにこの人寄りの感覚で捉えてしまうから、真智花ちゃんのように輝けないのだろう。

チャコがにゃあ、と短く鳴く。おじさんの足元を見ると、チャリーの中でチャコが大きなあくびをしていた。

片倉さんは黙って聞いていた。黙っていると思ったら、急にぱちんと手のひらを合わせた。

「あ、そうだった！　先日知り合いからおいしいお煎餅をいただいたんです！」

唐突に飛び出した無関係の発言に、私もおじさんも思わず顔をあげた。

「揚げ煎餅です。僕これすごく好きなんで、よかったら今から一緒にどうですか？」

なんの脈絡もない誘いだ。おじさんの話をなにも聞いていなかったのではないかとすら思えてくる。驚く私たちをまるで気にせず、片倉さんはカウンターの向こうからひょいっと銀色の四角い缶を取り出した。中にはぎっしりと煎餅が詰まっている。

「どうぞ」

「え、ああ……」

おじさんがちら、と手元の紅茶を一瞥した。紅茶と煎餅。みょうちきりんな組み合わせだ。紅茶ならクッキーなどの洋菓子を、煎餅なら日本茶を合わせたいところである。おいしい食べ合わせにもこだわる片倉さんらしくないチョイスだ。

片倉さんに促されて、おじさんは戸惑いつつも煎餅を一枚手に取った。片倉さんは今度は私の方にも缶を向け、差し出してくる。私も、勢いに流されるように手に取った。ゴツゴツした、無骨な揚げ煎餅である。

「ありがとうございます、いただきます」

片倉さんも、自分の分を摘んだ。

「これを送ってくれたのは、この店の先代マスターです」

私は煎餅から顔をあげた。先代とは、片倉さんがマスターになる前にこの店を切り盛りしていた栗原(くりはら)さんというおじいちゃんのことである。頑固で気難しい、厳しい人だったと聞いたことがあった。

「今は介護施設にいるんですが、施設の職員さんに、これを僕に送るように頼んだそうです」

片倉さんは懐かしそうに続けた。

「僕がここで先代の下で働いていた頃は、先代が苦手で仕事が嫌でたまりませんでした。逃げてしまおうかとも毎日考えていましたが、そんな度胸もなく、結局通っていました」

「へえ。真面目な若者だね」

おじさんが微笑む。片倉さんは包装の中で煎餅を砕きながら、いえいえと謙遜した。

「あまりにも苦手なので、僕はついに自己暗示をかけるようになってしまいました。この自己暗示がなかったら、おそらく途中でやめてしまっていましたよ」

「自己暗示？」

おじさんが怪訝な顔をする。片倉さんは煎餅の包装をビッと破いて、煎餅をかぶり物の口の辺りから中に滑り込ませた。

「先代と顔を合わせるたびに、『僕はこの人が大好きだ』と口の中で呟く」

かなり追い込まれていたようだな、と私は聞きながら思った。

「しかし、自分を騙すのには限界がありまして。ですので一日ひとつ以上、彼の好きなところを探すように心がけました。まあ、それでも最後まで苦手でしたけど」

片倉さんは最後の方は冗談っぽく笑った。

おじさんは話を聞きながらパキパキと煎餅を割った。口の中に煎餅の欠片を放り込み、しょっぱかったのか、手元にあった紅茶をひと口啜った。私はそれを横で見ていて、やはり相性がよくなさそうな煎餅と紅茶が気になってしまった。

しかし、おじさんはハッとグラスを見た。

「あれ⁉　紅茶と煎餅って、思ったより悪くない！」

「意外ですよね」

片倉さんはふふっと満足げに言った。おじさんが何度も頷く。

「絶対に合わないと思った。だけどむしろ、互いの味を引き出してる……？」

そしておじさんはもう一度、煎餅と紅茶を交互に口に含んだ。彼を見つめ、片倉さんはそっと答えを示した。

「じつはですね。今の時期にうちでお出ししている紅茶はちょっと特殊な銘柄のものでして、洋菓子にも和菓子にも合う茶葉が、ほんのちょっとだけ混ざってるんです」

それを聞いて私は片倉さんの猫頭を二度見した。そんなの初耳だ。

「春摘みダージリンなんかは、お饅頭（まんじゅう）なんかの和菓子にもよく合います。でも、お煎餅に合うものはなかなか珍しくて。この紅茶は先代が、知り合いの業者さんに無茶言ってつくってもらったオリジナル紅茶なんです」

知らなかった。それを聞いた上で飲んでみたくなる話だ。

「紅茶って、結構なんにでも合う飲み物なんです。仮に普通の紅茶とお煎餅を合わせても、互いの味を邪魔はしません」

片倉さんが楽しげに話す。言われてみれば、私もよくペットボトル飲料の紅茶とかつ丼とか、変な組み合わせで平然と食事をしているときがある。

「ふつうの紅茶だと互いに干渉はしませんが、特別高めあうこともしません。先入観があって、合わせたいとも思いませんしね」

片倉さんの話を、おじさんは黙って煎餅片手に聞いていた。片倉さんが続ける。

「でも、紅茶がちょっとちがうだけで、こんなに変わるものなんですよね。不思議と受け入れてくれるんです」

（注：最終段落は「相容れないもののようですけど、不思議と受け入れてくれるんです」）

私は、知られざる猫の木紅茶の秘密に驚きを隠せなかった。

「紅茶の方が歩み寄ってるんですね。普通に飲んでも気づかなかったくらいですから、茶葉のちがいはそんなに大きくないんですよね？　それでもそんなに変化がつくんですか」

「製造の工程に特許級の秘密があるみたいですよ」

片倉さんが不敵に笑う。それから急に、彼は話を戻した。

「僕は先代が苦手ですし、先代も僕に厳しかったです。ですがあの人は今でも、僕がこの煎餅が好きだったことを覚えてくれています。我ながらあのときの、克服しようとしている熱意が伝わったんだろうなあ、なんて自画自賛しています」

語る片倉さんを見上げ、おじさんはなにかを悟ったようにまばたきした。

「……妻と娘が私を許さないと、なぜ思い込んだんだろう」

そして煎餅をまたひと口齧る。

「なぜ私は、ふたりを許せなかったのだろう」

彼は目の前の紅茶を、いや、もっと遠くのなにかを見つめ、ゆっくり呟いた。

「考えてみたら、冷たくしていたのは妻と娘だけじゃない。私の方もふたりを避けていた。嫌なところばかりが目について、歩み寄ろうとしていなかった」

私は、おじさんの足元のキャリーに入ったチャコに目線を落とした。

結婚は人生の墓場なのかもしれない。自由になれなくて、気を遣う相手がいて、息苦しいこともあるだろう。

でも、そばに寄り添う家族に、一日ひと言でもねぎらいの言葉をかけていたら。ひとつでも、ありがとうと言えたら。

「ふたりに変わってほしいと願うばかりで、私はなにも変わろうとしていなかった。ほんのちょっと、私の方から話しかけていたら、ちがったかもしれないのに……」

おじさんは煎餅を口に入れ、紅茶を含み、息をついた。私はグラスの中の紅茶の琥珀色を見ていた。

「やっぱり、大丈夫だと思います。奥さんと娘さん、時間が経てばもとに戻りますよ」

私は勝手に確信を持った。

「あなたはそうやって、家族のために歩み寄ろうとする人だから……それって、根底に愛があるってことなんじゃないですか？」

きっと、この人が気に病んでしまうほどのことではないのだ。こんな健気なおじさんに愛されている奥さんと娘さんが、この人を本気で嫌うはずがない。おじさんは私と片倉さんにはにかんだ。

「本当は、心のどこかでは気づいていたよ。私ももう、いいおじさんなんでね」

「失礼いたしました」

昔話と紅茶の秘密を語っただけの片倉さんは、丁寧に猫頭を下げた。おじさんが再び、椅子から腰をあげる。今度は先程より少しだけ、軽くあがった。

「怒られる覚悟で、きちんとチャコのことを白状するところから始めるよ」

おじさんがキャリーを持ちあげる。キャリーの透明の扉から透けて見えるチャコは、ビー玉みたいな目で、自分の主人を見上げていた。

コミュニケーションがうまくいかないとき、動物を介すと円滑になることがある。協力してあげてね、チャコ。

おじさんとチャコが出ていった扉を見つめ、私は片倉さんからもらった煎餅を口に運んだ。しょうゆ味がキリッと利いた、軽やかな揚げ煎餅だ。

「片倉さん、私も紅茶をいただけますか？」

「おや、緑茶の方が合いますよ」

片倉さんはいたずらっぽく言いつつも、紅茶の準備を始めた。

「この紅茶もね。先代が……栗原さんが気に入っていたものなんです。彼は紅茶も和菓子も好きなので、両方叶えるこの紅茶を愛飲してました」

私は作業中の片倉さんの間抜けな猫頭を眺めていた。そのこだわりの紅茶を、片倉さんが今も出しつづけているということには深い理由を感じる。

片倉さんの手から紅茶が差し出された。私はそれを受け取って、ひと口飲んだ。味自体はシンプルなダージリンの風味なのだが、煎餅と合わせてみても、なんの違和感もなかった。煎餅の塩気が軽やかに引き立ち、紅茶の奥の甘みが増して、渋みが煎餅の和の香りに調和する。

「お煎餅のお礼に、この紅茶をお返ししようかな」

片倉さんがまた一枚、煎餅の包装を破いた。

「片倉さん、先代からかわいがられてますね」

からかうように言ったら、片倉さんはかぶり物の下でカリカリと煎餅を齧りつつ返した。

「僕は苦手ですよ」

そうは言っても決して嫌いではないですけれど、と暗に言っている気がした。

Episode 4・猫男、怒る。

携帯の画面に表示された名前に驚いた。珍しい。片倉さんからの着信なんて。それももう、夜の八時を回ろうかという時間で、シャワーでも浴びようと考えていた、リラックスタイムのことである。

あまりのレアさに戸惑って手が震え、携帯を二回滑り落とし、慌てふためきながら応答する。

「は、はいっ！　マタタビさんです」

声がひっくり返った上に、自分でマタタビさんなんて名乗ってしまった。

「こんばんは。片倉です」

片倉さんは、電話越しでも落ち着いた穏やかな声だ。電話しているということは、今はかぶり物を外しているということか、などといらないことを考える。

「どうしたんですか、電話なんて珍しいですね……」

「突然すみません。お店を閉めようとして点検してて、マタタビさんのものと思われる忘れ物を見つけました」

なんだ、仕事か。そりゃそうか。

「すみません。明日取りに行きます」

「いや、それが」

片倉さんは電話の向こうで咳払いをした。

「ニャー助のキャットフードなんです。明日の朝の分が、もうないとおっしゃっていたな、と思いまして」

「あ！」

壁に立てかけてあった、空っぽのキャットフードの大袋の方を振り向いた。ストックゼロ。隣の餌入れでモソモソと食事をしていたニャー助と目が合った。お皿まで空っぽだ。しまった。やらかした。

「ごめんなさい、やっぱり今から取りに行きます！」

足りないぞと言わんばかりに、ニャー助がすり寄ってくる。丸っこい手で私の足をぽんぽんして、ご飯の追加を催促してきた。

「もう暗いですし、届けましょうか。おうちを教えていただければ持っていきますよ」

片倉さんは親切に気を遣ってくれたが、そんな申し訳ないことを頼むわけにはいかない。

「大丈夫です、お店の前に置いといてくれれば」

まったく、最悪だ。最悪な飼い主だ。

電話を切ってすぐ、カーディガンを羽織って慌てて家を飛び出した。外の空気がひんやり肌寒い。季節はまだ九月の始めで、昼間は暑い日が続いていたが、夜は少しだけ涼しいと感じるようになってきていた。

アパートの階段を駆け下りて、駐輪場に転がり込む。自転車のスタンドを蹴飛ばして、ハンドルを握る。が、自転車を少し引いただけでその違和感に気がついた。なんてことだ。タイヤがパンクしている。今日帰ってきたときは大丈夫だったのに、いったいいつから。いずれにせよ、なんてついていない日。

仕方なく自転車を諦めて、ぽてぽてと徒歩で向かう。喫茶店までなら徒歩でも片道十分とかからないはずだ。

とはいっても、暗い。今夜は月がほとんど見えないくらい細くて、辺りはしんと闇の中に飲み込まれたようだった。アスファルトを擦る自分の足音と、波の音がざざ、と微かに聞こえる。人影はない。街灯の少ないこの道は、ひとりで歩くには気味が悪い。だが、忘れ物をした自分が悪い。喫茶店とアパートを往復するまでの辛抱だ。余計なことは考えないように、すたすたと歩を進めた。

健気に海浜通りを歩くこと数分、喫茶店の灯りが見えてきた。暗闇の中に窓から洩れる黄色い光が映える。灯りがついているということは、片倉さんはまだいるということか。少し駆け足になる。

「マタタビさん」

声が聞こえる。黄色い灯りに逆光になって、闇の中に猫の頭の形に浮かんでいる。

「片倉さん！」

手を振りながら駆け寄った。片倉さんは手に見慣れたキャットフードの入った袋を提げて私を待っていた。

「それ、閉店後も被ってるんですね。じゃないや、すみませんでした。ご迷惑おかけして」

「マタタビさんと鉢合わせるから被ったんです」

片倉さんは猫頭をぎゅっと手で押さえた。暗いところで見ると若干不気味だ。

「もしかして、帰らないで私のこと待っててくれたんですか」

「僕も帰るところです」

かえって気を遣わせてしまったようだ。

「すみません……」

謝りながら手を伸ばして、片倉さんから袋を受け取ろうとした。

「危うくニャー助の明日のご飯がなくなるところでした……」

が、彼はしっかり握って離さなかった。

「よかったです、気がついて」

「あの、もしかして」

片倉さんは袋を離さない。

「怒ってます？」

「ニャー助のご飯を忘れるとは、何事ですか？」

うわあ。怒ってる。

「ごめんなさい。飼い主として最低です､反省してます。猫パンチでもなんでも受けます」

「僕でなく、ニャー助に謝ってください」

かぶり物の中からくすくすと笑い声が洩れた。

片倉さんにもう一度手を伸ばしてみた。彼は、断固として袋を渡そうとしない。

「あの、それ、持って帰るので……」

「そうですね。もう遅いんで、送っていきます」

「え」

「はい。送っていきます」

彼は袋を提げたまま歩きだした。

「この辺街灯少ないですし、世の中物騒ですから」

「来てくれるんですか⁉ そんな、悪いですよ。そのかぶり物で出歩くと、不審者みたいだし」

袖を掴むと、彼は立ち止まって振り向いた。

「不審者なのは承知の上です」

「いや、外しましょうよ！ なにがそこまであなたを熱くさせてるんですか！」

「ついていったら迷惑ですか？」

「ちが……！ あの、夜だし怖いし自転車もないので、すっごくありがたいんですけど、それじゃ片倉さんが」

早口になる。片倉さんはまたくすっと笑った。

「じゃ、行きましょうか」

再び歩きだす。袖を摑んだままだった私も、自然と一緒に歩を促された。

「涼しいですね」

片倉さんが呟く。うん、と頷こうとして、ハッと摑んでいた腕を離した。

「あ！　すみません、暑苦しくて」

「いえ」

静かだ。波の音と、フードを入れた袋のかさかさした音しか聞こえない。あまりにも静かで、まるでこの世界が私と片倉さんだけ残してほかはすべて時間が止まってしまったような、そんな妙な錯覚に陥る。

「ほら」

すぐ左から片倉さんの声がした。袋を提げていない方の手を、すっと上空に伸ばす。

「今夜は星がきれいですよ」

「……ほんとだ」

思わず息をのんだ。

まっ黒なキャンバスにつぶつぶと、弾け飛んだ絵の具のように星が瞬いている。明るい星はもちろん、その大きな光の間を縫って広がる細かい星々までひらひら輝いているのが肉眼で確認できる。こんなにたくさんの星が浮かぶ空なんて、久しぶりに見た。

「すっごいなあ。東京じゃこんな星空見たことないし、こっちに引っ越してきてからも、空をきちんと見上げたことなんてなかった。こんなにたくさん星が見えるんですね、この町」

「田舎ですからね。空気がきれいなんです」

他愛のないやりとりがひんやりした空気に溶けていく。首が凝りそうだ。でも、目が離せない。

「あれ、でも片倉さんってそのかぶり物を被ってると、視界が下半分に絞られるんですよね？」

「ええ」

「じゃあ今、上を見上げても空は見えてないですよね？」

「見えてませんよ」

見えていなくて言っていたのか。なんとなく騙されたような気分になる。

「外せばいいのに！っていうか、外していいですか？」

彼の頭に向かって手を伸ばすと、片倉さんはがしっと猫頭を押さえて少し飛びのいた。

「だめです」

少しだけ、間隔が空く。

「いいじゃないですか！　たまに外さないと、蒸れて禿げますよ」

「そんな脅しには乗りませんよ。休日は被ってないし」

手でしっかり押さえて離さない。頑固だ。

「そうですか……わかりましたよ」

また星空に視線を送る。月が細い。

「ニャー助、この頃どうですか。いい子にしてますか」

片倉さんが聞いてきた。星空を見上げたまま、隣に声を向ける。

「いい子ですよ。最近鰹節が好きです。開けたての新鮮なのがいいらしくて、ちょっと時間を置いたのは食べてくれないんです」

「ふふ。かわいい」

満足げだ。猫頭の中でにやけているのだろうか。どんな顔をしているのだろう。表情の変化はおろか、私はいまだこの人の顔を見たことがない。だが、しつこく突っ込めない。

「余った鰹節は、私の朝ご飯になります。猫さんの残り物なら大変光栄」

頬に触れる空気が冷たい。左側だけ、少しだけ温かい。

「あっ、そうだ。鰹節といえば、この写真ずっと見せようと思って忘れてました」

私は携帯を取り出して画像フォルダを開いた。暗い夜道に、画面の明かりが煌々（こうこう）と眩しい。

「これ！　この前、片倉さんが猫缶でつくってくれた猫用ケーキを、ニャー助が食べてる写真です！」

片倉さんが猫缶と煮干しと鰹節でつくったニャー助用のケーキ。ニャー助はすごく喜んで、ケーキを見るなり目をらんらんと輝かせ、はぐはぐと夢中になって食べていた。食べおわったら名残惜しそうに舌なめずりをして、もっとちょうだいと、私の腕をちょんちょん叩いた。私はその写真を撮りまくり、ニャー助を撫でまわした。

画像を開いて、携帯の画面を片倉さんに寄せた。片倉さんも覗き込んでくる。左側の微かな温もりが、さらに肩に近づいた。

「わっ！　なんてかわいい……こんなに喜んでいただけて光栄です」

片倉さんが画面に顔を寄せると、私との距離感もぎゅっと縮んでいく。

「いいですねえ……猫のいる生活、羨ましいです」

「アレルギーが治ればいいのにね」

くすくす笑って返した。下手したらどきどきしそうな距離なのだが、変なかぶり物のお陰で平静を保っていられる。

上を見ると視界を埋めつくす星が瞬く。きれいだなあ。

片倉さんが画面を見つめてため息をついた。

「アレルギーが治せたら、僕もニャー助と一緒に暮らせるのに」

「だめですよー。ニャー助は私の子です。親権は私にある、今更渡しません」

へへへと悪役笑いで言ってやると、彼は真面目な声で応じた。

「そうか……とすると、ニャー助と暮らそうとしたら、マタタビさんとも一緒なんですね」

「はい!?」

思わず片倉さんの方を振り向いた。心臓がばくんと高鳴って、星どころではなくなった。なんてこと言い出すんだ。

ここのところ気にしていた問題が、急速に頭の中に蒸し返される。自宅というプライベートな空間に、私とニャー助と片倉さん。想像してみようかと思ったが、してもいいのかわからなくて余計に混乱した。

「それは……一家にひとり片倉さんがいたら、すごく和みそうだし、楽しそうですね……っていうか、片倉さんその発言は、結構ギリギリです」

反応に困ってごにょごにょと返すと、片倉さんはきょとんと首を傾げた。

「え？　いや、それはだめです」

自分から言ったくせに、きっぱり断ってきた。

「僕はマタタビさんと同じ空間で生活することはできません。絶対無理です」

「そんなこっ酷く否定しなくたって！　ニャー助のカリカリを忘れたことなら反省してますよ！」

むくれて視線を逸らすと、猫頭はふふふと笑った。

「恐れ多くて、とても無理です」

「ああそうですか。どうせ私なんて……」

……ん？

「恐れ多くて？」

「ええ、僕なんかじゃ、とても」

なんだ。なにが言いたいんだ。

「なんですか……危険物の取り扱いみたいな、手に負えないとかそういう感覚ですか」

「そうじゃなくて、僕はマタタビさんを尊敬してるんです」

なんなの。なんなのよ。

心臓がいつもの二倍くらいの速さで暴れている。

「尊敬なんて……されるようなことしてないし、異常なほどお人好しなのはそっちじゃないですか」

「うーんと。じゃあ尊敬じゃなくて、崇拝でしょうか」

「余計大それたことになってますよ」

調子が狂うからやめてくれ。

「マタタビさんは、すごいんです」

片倉さんは、いつもどおりの落ち着いた声で言った。

「誰に対しても、いつだってまっすぐでしょう？」

「なに、言って」

「たとえば、先日のプロポーズ大作戦のお兄さん。思考が止まってしまった彼に、まっすぐ自然体で、ありのままのマタタビさんでぶつかっていきましたよね」

猫頭がこちらを向く。

「それは僕に対しても同じ」

周りが暗くて模様が見えないほどだけれど、顔の向きはわかる。

「ただの喫茶店の店主に過ぎない僕に、わざわざ一個人として接しようとする」

「それは……あなたが一個人だからです」

「どんなお客様のどんな悩みも、あなたは素直で率直な感想をぶつけますよね。そういうとこ、すごいなって思います」

「ええ、私は人の神経を逆撫でしてますよ。だって恋愛トーク嫌いなんだもの」

躊躇(ためら)いのない褒め言葉がこそばゆい。必死に路線をねじ曲げようとしているのに、片倉さんは私の気持ちなんか汲んでくれない。

「先日の男性は、マタタビさんのお陰で無事にプロポーズできたと、お礼を言いたがっていましたよ。マタタビさんのファンになったとおっしゃっていました」

町の人たちを救ってきたのは、片倉さんひとりだけの力だと思っていたのに。まさか、居合わせていた私のことを見てくれている人がいたとは。

「私は思ったことを言っただけで、役に立とうとしたわけでもないし、むしろ思いのままに喋りすぎたせいで、彼を傷つけたと思ってるんですけど」

「だったらなおさらすごいです。わざとじゃないのに、シンプルな素の言動で人助けできる、あなたが」

片倉さんの声が星空に消える。風ひとつない空中に、ほとんど反響しないで静かに溶けていく。

「ずるいです、マタタビさん。それは才能ですか？」

「あなた、よく本人を目の前にしてべた褒めなんてできますね」

「できますよ。数いるマタタビファンの中でも、僕がいちばん乗りですから」

胸が苦しい。

面と向かって褒められたのなんて、何年ぶりだろう。社会に出て叱られることはあっても、褒められることなんかなかった。

「本当にすごいと思うんです。誰に対しても嘘がなくて、僕に対しても、ただの風景にしておかないで……」

片倉さんの声が、少しだけ掠れた。

「や、やめてくださいよ……。直接そういうこと言われると、なんか恥ずかしいですから。褒め殺しじゃないですか」

くすぐったくてたまらない。このままでは心臓が裂ける。目を伏せて地面を睨んだ。それでも、片倉さんはまだやめる気がないようだ。

「マタタビさんは僕にとって特別なお客さんなんです」

片倉さんが私を甘やかす。甘くて甘くて、全身の感覚が麻痺しそうだ。頭がくらくらする。どうにかなってしまいそう。

「先日のカップル以外にも、あなたに助けられたお客様がたくさんいます。僕だけじゃ、どうにもできなかった」

「片倉さん」

「僕もいろんな意味で、あなたにたくさん助けてもらいました」

「やめてください」

「マタタビさんがこの町に来てくれてよかった」

「片倉さん！」

耐えられない。我慢できない。

「片倉さん！　チャックが全開です!!」

片倉さんが凍りついた。

ほんの一瞬、息が詰まるような沈黙が流れた。

「ごめんなさい、嘘です」

一秒以内に訂正した。片倉さんはまだ硬直していた。

「意地悪言ってごめんなさい。大丈夫です。問題ありません」

もう一度謝る。片倉さんが微動だにしないまま、猫頭の隙間から、今までに聞いたことのないような低音を発した。

「……マタタビさん。僕は今この場で、本当に死ぬかと思いましたよ？」

「はい、ごめんなさい、反省してます、以後気をつけます」

すーっと目を逸らしてぼそぼそ謝った。猫頭が、じっとこちらを見ている気配がする。

「えげつない……」

ぼそっと呟いたきり、片倉さんは黙ってしまった。また、袋の音と波の音だけの、しんと静まり返った空気になった。

「……片倉さん、怒ってます?」

沈黙を破ってみる。片倉さんは三秒くらい待ったあと、答えた。

「怒ってます」

「ですよね。ごめんなさい」

ごめんなさい、ごめんなさい。あのままでは、どうにかなってしまいそうだった。あんな空気に、耐えられなかった。

「でも! 先に私の心臓を握り潰そうとしたのはそっちです!」

キッと睨みつけると、思いのほか近かった猫頭がびくっと頭を引いた。

「なんと。僕がいつそんなこと。マタタビさんの性格をわかっていながら、手厚く褒めたたえただけじゃないですか」

「やっぱりわざとだった! えげつないのはそっちじゃないですか」

「ええ、だってあまりにも反応が面白いから」

片倉さんはふう、とひと息ついた。

「でも、先程言ったことは全部本当です」

一瞬、また心臓がぎゅっと締めつけられた。

「ほら、こういうときじゃないと、本当の気持ちってなかなか言えないですから」

「……もうその手には引っかかりませんよ！　反応を見て楽しんでるだけなんでしょ」

星空が私たちを見下ろしている。雲がない。風もない。

周りがあまりにも静かで、隣の猫に心臓の音が聞こえていそうで嫌だ。猫は耳がいい動物だから。

透明な和紙のような沈黙を、片倉さんが破る。

「今夜の星は、本当に美しいですね」

そう言われて、私はもう一度空を見上げた。きらきらと細かい星が私たちを見下ろしている。

「イルミネーションとか、プラネタリウムもいいですけど、僕はやっぱり本物の星がいちばん好きなんです」

片倉さんが静かに呟く。ボタンでできた作り物の目に小さな星を宿していた。

「覚えてますか、マタタビさん。マタタビさんがこの町に越してきたとき、すごく不本意そうでしたよね」

急に過去の話を引っ張り出して、彼は問うた。

「どうですか、この町に来てよかったって、少しだけでも思ってくれました？」

「まあ……最初は嫌だったけど、今はむしろ、よかったと思ってますよ」

この町に来たきっかけは、左遷だった。悔しかったし会社を辞めたくなった。でも、この町であの喫茶店と、そして片倉さんと出会った。だからこそ、東京の本社に戻るチャンスも同期の友人に譲ってしまった。

「正解というものはきっと、星の数ほどあるんでしょう」

星々の微かな輝きが片倉さんのかぶり物の瞳に憩う。

「迷ったり立ち止まったり、決断した結果失敗したり……そういうことはあると思います。でもマタタビさんなら、最終的にはきらきらしていそうですよね」

もしかしたら、この人にはばれていたのかもしれない。

私が将来に、ぼんやりとした不安を感じていたこと。片倉さんは敏感に察知していたのかもしれない。

だからこうして、そばにいてくれるのだろう。

いつの間にか、私たちはアパートの前まで辿り着いていた。

「あ、ここです」

片倉さんに声をかけて立ち止まる。片倉さんはほうと息をついた。

「ここでしたか。案外近いんですね」

「そうなんです。付き合わせてすみません」

「いえ、僕が勝手についてきたんです」

風が吹いた。涼しい。

「ついてきてもらったのに、意地悪してすみませんでした」

念のため、もう一度謝る。

「本当にありがとうございました。ちょっと怖かったので……助かりました」

片倉さんは黙ってアパートを眺めている。私は慎重に続けた。

「片倉さん、私のこと、来てくれてよかったって言ってくれましたけど」

片倉さんの視線がちら、とアパートからこちらに移った。また心臓がどくどく暴れだす。顔が熱い。

「私も、出会えてよかったって思ってます」

呼吸がうまくできない。

「変な意味でなく、ほら、今ニャー助と暮らせるのも片倉さんと出会えたからだし、隠れ家的喫茶店があると、気持ちの面でぜんぜんちがうし。そんな、甘美なこと言ってるわけじゃないですから。誤解しないでくださいね」

慣れないことを言うもんじゃないな。

早口に言い訳をすると、片倉さんははは、と軽く笑った。

「大丈夫ですよ。僕はそんなにおめでたい性格じゃありません」

「……そう、ですか」

また風が吹いた。髪が乱れる。片倉さんのかぶり物の毛が、ふわふわ揺れる。

「それじゃ、僕はこれで」

片倉さんは私にキャットフードを手渡して、踵を返した。胸が張り裂けそうだ。

「おやすみなさい」

社会に揉まれて叩かれて、将来へのプレッシャーがのしかかって、世知辛い世の中にくたくたになっていた。いつの間にか弱っていた体に、片倉さんの声が染み込んでいく。

それが透明な陶酔感になって体中を巡っていく。

「……ありがとうございました」

こんなだから、また甘えてしまう。

「あの！」

叫ぶと、猫頭の影が振り向いた。

「この辺に自転車屋さんがあったら、明日紹介してくれませんか」

へへ、と苦笑いして駐輪場を指さした。

「自転車がパンクしちゃって……」

「それはそれは……。そうでなくてもこの辺は自転車が錆びるのに」

「え、錆びるの？」

「海が近いと錆びます」

静かな夜の闇の中、細い月が私たちを照らす。

とりとめのない会話がどうにも心地よい、涼しい夜のことだった。

Episode 5・猫男、描く。

　ある秋の夕暮れ、喫茶店には先客が来ていた。

「おや、マタタビさん。いらっしゃいませ」

「こんにちは」

　こちらに向かってふわりと会釈したのは、地元の高校生だった。会ったことがある。制服姿にふたつ結びの髪、授業中でもがっつり寝てしまう、居眠り女子高生だ。たしかそのニックネームは、〝国語の眠り姫〟。姫の愛称にふさわしい可憐な少女である。

「こんにちは。ええと……」

　彼女が来ていることまではわかるのだが、不思議なのは彼女の立ち位置である。

「バイト？」

　眠り姫は片倉さんと同じ、カウンターの内側にいるのだ。カウンターにコーヒーカップを並べて、エスプレッソの香りを漂わせている。眠り姫は私の問いかけに首を横に振った。

「いえ、バイトじゃないんです。マスターにラテアートを教えてもらってるんです」

「ラテアート!?　すごいね」

　ラテアートとは、カプチーノなどの水面に絵を描くことである。ミルクピッチャーから出すミルクの流れや泡、ココアパウダーなどを利用して描くそうだ。

「片倉さん、ラテアートできるんですね」

「独学ですし、簡単なのしか描けませんよ。先代にできなかったことをやろうとして、ここに至りました」

片倉さんは懐かしそうに話した。

「先代は頑固で古風な人でしたから、ラテアートなんて洒落たことはしない主義でした。だからこそ僕はその一線を越えてやりたくて、始めちゃったんです」

「なるほど、負けず嫌い」

「かもしれませんねえ」

片倉さんは、かぶり物の中でへらへらしている。

「マタタビさんもやってみますか？　お友達がいらしたときなんかに披露すると、喜ばれますよ」

「あはは、私は不器用なんで、見るだけで」

それから私は眠り姫に向き直った。

「ラテアートに挑戦するなんて、お洒落だね」

眠り姫はちょこんと小首を傾げて微笑んだ。

「私の学校、もうすぐ文化祭なの。うちのクラスは喫茶店の模擬店をやることになりまして。ラテアートに挑戦してみたいなって話したら、マスターが教えてあげるって言ってくれたんです」

「僭越ながら」

片倉さんが眠り姫に会釈した。

じつに微笑ましい光景だ。若くて可憐な女の子と猫男の組み合わせは、童話の世界のようなメルヘンな空気を醸し出している。

「あのねマスター、私ラテアートでこういうの描きたいんです」

眠り姫がカウンターの上に小さなメモ紙を差し出した。

「このイラスト、私が描いたんですけど……どうでしょうか。ラテアートにできるかな」

コーヒーカップのイラストと、その水面にさらに絵が描いてある。私はおおと感嘆した。

「かわいい！　ハリネズミだあ」

「お上手ですね。眠り姫は絵心がおありだ」

片倉さんも彼女の作画を褒め、それから濃いエスプレッソの入ったカップを眠り姫の前に置いた。

「ですが、いきなりハリネズミは難しいので、まずは比較的描きやすいものから始めましょうか」

「……そうですね、ほかのクラスメイトにも伝授しなきゃならないし」

眠り姫がカップを見下ろした。

「初心者向けのデザインって、どんなのがありますか？」

「フリーポアの基本のハート型でしょうか。これをアレンジすればいろんなものが描けるんですけど、それだけでも十分見た目がかわいらしいですし、いかがでしょう」

「そうしようそうしよう。フリーポアってなんですか？」

眠り姫がやる気満々に目を輝かせた。

「ミルクピッチャーから出すミルクの流れを利用して、デザインを描く方法のことです。いちばんシンプルな形を覚えれば、いろんなデザインに応用できるんですよ」

「そうなんだ。ハートってかわいいですよね。心がこもってますって感じがする！」

眠り姫はさっそくミルクピッチャーを手に取った。

「では、このコーヒーにミルクを注いでください」

片倉さんがカップを眠り姫の方に寄せる。

「あ。マタタビさん、ご注文は？」

思い出したように私を気にしてくれたが、私も自分が客であることを今思い出した。

「じゃあラテアートの入ったカプチーノを。絵柄はお任せします」

「承知しました」

片倉さんも、眠り姫の横でコーヒーカップにミルクを注ぎはじめた。

「文化祭、隣のクラスがお化け屋敷をやるんです。その隣は演劇」

眠り姫がエスプレッソの水面にピッチャーを傾けた。とくとく、白いミルクが流れていく。彼女はうふふとにやけた。

「夢の文化祭デート、してみたいなあ」

「ああ、青春だね」

さすがはうら若き女子高生だ。眠り姫はまだ目をきらきらさせている。

「そうなの。いつかやってみたいんです」

「若いねえ。彼氏さん喜ぶよ」

学生のうちでないと叶わない、素敵な思い出になりそうだ。しかし眠り姫は真顔で首を振った。

「いや、それが今、彼氏いないんです」

もてそうなのに、意外だ。

「なんだ。じゃあデートどころじゃないね。まずは彼氏をつくらないと」

「うん。でも、彼氏いらないんだよね」

眠り姫が不思議なことを言う。

「んん？　それだとデートできないよ？」

「そうなんですよねえ」

大いに矛盾しているような気がするが、彼女が至って真面目な声で言うので私はしばらくその意味を考えていた。

眠り姫のコーヒーカップに、ふんわりと白い丸が浮かびあがっている。片倉さんがそっと指示を出した。

「ここで、ピッチャーの先をこの辺につけて、こう、こっちに流します」

彼の仕草に合わせて眠り姫がピッチャーで水面をピッと擦った。が、円はぐにゃりと歪んでとてもハートとは言えない形になってしまった。眠り姫は眉間に皺を寄せた。

「うわ。失敗しちゃった。力みすぎたかな」

「最初ですから。誰もがはじめは初心者です、ミスを繰り返してこそ成長するんです」

片倉さんは、また新しいエスプレッソを彼女の前に差し出した。

眠り姫がふいに、なにか思い出したようにため息をついた。

「初心者ね……。もうあれから一年か……」

エスプレッソマシンの新しいミルクを用意して、眠り姫はぼやいた。

「じつを言うと去年の文化祭は、初彼と回る約束をしてたんです」

「なんだ。夢、叶ったんだね」

私は彼女の前のコーヒーを眺めていた。とく、とまた眠り姫がミルクを注ぐ。ふわふわ、水面に白い円が浮かぶ。

「けど、成功はしてないんです。些細なことで、文化祭前日に喧嘩しちゃって……結局、一緒には回らなかったんです」

眠り姫は小さなため息をついた。

「そのまま仲直りできなくて、別れちゃった。本当はちゃんと謝って、『来年こそは一緒に回ろうね』って約束したかったのに。変な意地張っちゃって、なにも言えなかった。バカみたい」

コーヒーに生まれた円に、眠り姫がピッチャーの先をつけた。片倉さんの指示どおり、ぴんっと先を弾く。

ミルクで描いた円は一瞬だけきれいなハート型になったが、勢いがつきすぎてまっぷたつになってしまった。

「あっ……」

眠り姫がぱっきり割れたハートに叫んで、それから切なそうに眉間に皺を寄せた。

「きれいに描けないなあ……」

ピッチャーで弾いた余韻がまだ残っているようで、割れたミルクのハートはじわじわと歪んでいく。

片倉さんはまた新しいエスプレッソを出してから、自分はカップに温度計の針をそっと入れた。なにやら水面を丁寧につついている。無言で作業する片倉さんをちらと見て、眠り姫は言った。

「その初彼と別れて以来、恋愛が怖くなって、それで彼氏をつくってないんです。文化祭デートへの憧れはまだあるけど、また相手を不快にさせたら嫌だなっていう気持ちと矛盾してて」

眠り姫は新しいエスプレッソにミルクを注がず、割れたハートを眺めていた。

「誰か好きになりそうになると、前の彼氏とうまく話せなくなったときのことを思い出すんです。お互い自分の言い分を守ろうとして話が嚙み合わなくなる、そういう感じ」

はあ、という彼女のため息がふわりとコーヒーの泡を揺らした。

「どうしてだろう。大好きだったのに、だからそばにいたいのに、傷つけてしまうのは」

共感した。私にもよくわかる。大切な人を傷つけたくないし、自分が傷つきたくもない。だから恋愛を諦める。

憂い顔でコーヒーカップに視線を落とす眠り姫を見ていると、片倉さんがコト、と私の前にカップを置いた。

「マタタビさん、お待たせしました。ラテアート入りのカプチーノです」

私と眠り姫は同時に中を覗き込んだ。

「あ！　これ！」

そこに描かれていたのは、片倉さんのすぐ隣に立つ眠り姫が原画を描いたハリネズミだった。

「すっごい！　私の絵、そのまんま」

眠り姫も感嘆して、イラストを描いたメモをカップの横に並べた。原画と見比べても、表情もトゲトゲもイラストどおり。ハリネズミは口角をあげてご機嫌な表情を浮かべている。独学で簡単なものしか描けないと言っていたくせに、このクオリティだ。器用な人である。

イラストの中とカップの中のそれぞれのハリネズミを見下ろして、片倉さんは切り出した。

「たとえば、二匹のハリネズミがいたとして」

眠り姫がきょとんとする。片倉さんは丁寧な声色で続けた。

「二匹はお互いのことが大好きです。ですので、そばに寄り添ってお互いを温め合おうとしました。ところが、近づくと相手の棘が体に刺さって、痛くて寄り添えない」

途端に、ハリネズミの笑顔が儚く見えた。

触れ合おうとすればするほど、互いを傷つける、ジレンマ。

「人の心に形があるとしたら、角の少ないきれいなハート型なんかじゃないのかもしれません。仮に、柔らかくて弱いものを守るために棘のたくさん生えた、ハリネズミのような姿をしていると形容しましょう」

ちらり、割れたハートのカプチーノを一瞥する。

いびつに歪んだハートは修復不可能なくらいに割れてしまっている。

「その針は自分自身を守るための針。言葉だったり行動だったり、針の形は多種多様ですが共通して近づく者は容赦しない。ついてないことに、その針をお互いに持っている」

ハリネズミの絵の浮かんだカプチーノから、ふわふわと甘い香りがする。黒いエスプレッソで描かれた細い針が、ハリネズミの儚げな笑顔を包んでいた。

「だけど、傷つくことを恐れていたら二匹のハリネズミは、そばに近寄れずお互いに寒いまま。ずっとひとりぼっちになってしまいます。すべてを受け止める、いや、受け入れる覚悟で前に進んだらなにか得るものがあるのかもしれません」

眠り姫は呆然とカプチーノを見つめていた。まっ黒な大きな瞳にハリネズミを映す。

「傷つけちゃうのも傷ついちゃうのも、仕方ないのかな」

ぽつり、眠り姫が呟く。片倉さんは、眠り姫の前に置かれた手つかずのコーヒーカップを手に取った。

「あくまで理想論です。針が刺さっても大丈夫な屈強な精神を築けとも、怖がらずにどんどん行けとも、言うつもりはありません。もちろん、傷が癒えてからで遅くないと思うんです」

なんだろうか。その言葉は、ついでに私にも向けられているような気がした。恋に消極的な私を、さりげなく諭しているような。

「なんて、僕も偉そうなことが言えた立場ではありませんね。僕だって傷つくのも傷つけるのも怖くて、結果こんなに人見知りなんだから。臆病やら警戒心が強いやら」

片倉さんはごまかし笑いに似た口調で言って、カップにミルクを注いだ。エスプレッソに柔らかなミルク色が混ざっていく。私は片倉さんの手慣れた仕草を鑑賞しながら、眠り姫に声をかけた。

「人と人なんだから、一緒にいれば衝突したりちょっとした言葉で傷つけちゃうのは当たり前ってことよね」

傷つけて、傷ついて、逃げてしまった私も、偉そうに語るべきではないけれど。

「それでもいいからそばにいたいって思えたら、本当に愛があるのかも、なんて」

「マタタビさんがそういうことをおっしゃることもあるんですね。『じゃあデートなんか諦めな！』とか言うのかと思いました」

片倉さんが小声で呟いた。意外がっている。

私はハリネズミのカプチーノをカウンターから奪った。カプチーノのカップが温かい。

眠り姫は少し考えてから、やがてふふ、と笑った。

「そうですよね。ここで諦めたらデートできなくなっちゃう」

そして片倉さんの前に置かれていたミルクの円が浮かんだカップを横取りした。

「私、まだまだ恋に恋する乙女ですよ。文化祭には間に合わなくても、絶対また彼氏つくるんだから」

ピッチャーの先でつんっと水面を擦る。コーヒーカップには、今度こそきれいなハート型が刻まれた。

「あっ！　やったあ！」

「お上手ですねえ。ではぜひ、文化祭当日までにクラスメイトに周知し、素敵な模擬店にしてください」

「よーし。いつかもっと細かい絵まで描けるように頑張ろ」

眠り姫が無邪気に目をきらきらさせた。

眠り姫の可憐な笑顔と、隣にマスコットみたいな片倉さん。微笑ましい気持ちになった。

ハリネズミのカプチーノはほんのりほろ苦くて、ミルクの甘味がふわりと優しかった。

温かくて、胸がほっこりする。

私がカプチーノを楽しんでいる間に、眠り姫がまたひとつハートのカプチーノをつくった。

「コツが摑めたかもしれない。これ、クラスの友達に教えてくる！」

眠り姫は眩しいスマイルでカプチーノを自分で飲んで、カウンターを出た。

「ありがとうございました、マスター。なんだかいろいろ頑張ってみようって気持ちになりました」

彼女は機嫌よさげな足取りで扉まで歩いてから、くるりと顔だけ振り向いた。

「ちなみにあの絵、ハリネズミじゃなくて猫のつもりで描きました！」

カラン。ドアベルの音とともに、眠り姫の姿は扉の外に消えた。

私と片倉さんは、しばし閉まった扉を見つめて呆然としていた。

なんだって。あれが猫の絵だったなんて……。どこからどう見てもハリネズミにしか見えなかった。ハリネズミであることを前提に話していた。

「僕らもこうして、知らず知らずのうちに人を傷つけているんですねえ」

片倉さんがぽそりと呟いた。

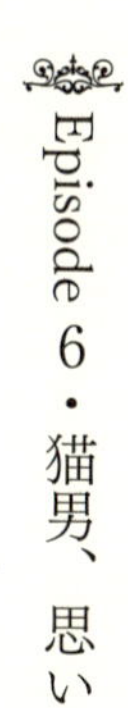

Episode 6・猫男、思い出す。

私は感動していた。

甘い野菜に、ほどよくスパイスの効いたルー。じゃがいもなんか、口の中でとろけてしまう。

「片倉さんのカレー、最高です！」

「よかった。自信作なんです」

片倉さんは満足げだ。

仕事終わりの夕方、私は夕飯を兼ねて『猫の木』を訪れていた。

この喫茶店は、コーヒーや紅茶などのドリンクメニュー以外に、軽食も幅広く取り揃えている。凝り性の片倉さんは料理にも情熱を注ぎ込むので、なにを選んでもハズレがない。

「この前、家でカレーつくったんですけど、こんなにおいしくはできませんでした。私も料理上手になりたいなあ」

料理を勉強したい気持ちはあるのだが、面倒くさがりな私はすぐにインスタントで済ませてしまうので、なかなか上達しないのである。

「そういえば、料理をつくるとニャー助が変な行動するんですよ」

私は目の前の猫頭を見てニャー助の奇行を思い出した。

「いつもはテーブルに乗ったりしないのに、ときどき、お皿に盛りつけた料理に反応して飛び乗ってくるんです。食べちゃったら困ると思って慌ててどかすんですけど、どかし損ねても食べる様子はないんです」

そういうとき、ニャー助は決まってあの動きをする。

「匂いを嗅ぎます。それで、足をカスカスさせて……砂かけの仕草をするんです」

あの仕草は、猫がトイレでおこなう動きだ。あれは私の料理を排泄物扱いしているのだろうか。

「ああ、それはですね。単に『いらない』って言ってるんですよ」

片倉さんが人差し指を立てた。

「お腹がいっぱいだったりして今は食べたくないというときに、食べ物を隠しておこうとする動きなんだそうです」

「そうだったんですか！　でも自分のフードではやらないんです。私の料理にはするのに。なんででしょうか」

再び疑問を呈すると、片倉さんはしばし考えた。

「ニャー助がその行動をするときのお料理は、それこそカレーなどのスパイスが効いている料理だったり、玉ねぎを使っているものだったりしませんか？」

「言われてみれば、そうだった気がします」

思い当たるのはカレーに始まり、ミートソースやハンバーグ。どれも当てはまるものだった。

「たぶんそれが、ニャー助にとっては有害なものだと匂いでわかるんでしょう。自分にとって危険なものだから、マタタビさんにも食べさせたくないのかもしれませんね」

なるほど。では、ニャー助のあの不可解な行動は、嫌がらせではなく私を守ろうとしてのものだったというわけか。

「ニャー助はマタタビさん想いですね」

「ほんと、優しい猫です」

ニャー助の猫なりの気遣いを知ったところで、私はまたカレーを口に運んだ。ほくほくのカレーと炊き立てご飯が絡みあって、絶妙なハーモニーを奏でる。

「せっかくこんなにおいしいのに、このお店、雑誌とかで宣伝はしないんですか？」

商店街で配っているフリーペーパーの地元情報誌なんかで宣伝したらいいのにと思う。

片倉さんはふむ、と腕を組んだ。

「一度、写真家の方に撮っていただいて、その方のホームページと写真集に載せていただいたことはあります」

「へえ。情報誌の取材じゃなくて、写真家さんですか」

カレーを掬いつつ言葉を返す。片倉さんはこくんと頷いた。

「そうなんです。好きなものを撮って集めて、本を出版したりしてらっしゃる方なんだそうです。一見普通の会社員みたいな風貌でしたが、話してみたら流浪の旅人のような、面白い方でしたよ」

そんな珍客が来たのか。

「そのときの写真、ありますか？」

「ありますよ」

片倉さんはカウンターの内側でなにやらごそごそ漁りはじめた。ぴょこんと差し出してきた手には、一枚の写真。

猫のかぶり物の男が、店の前で片足をあげて両手でピースする妙な写真だ。こんなひょうきんな片倉さんは、初めて見た。

「なるべく楽しいお店に見せようとして、陽気な感じで写してもらいました」

ほかにも数枚、ぱらぱらと写真が出てきた。店の外観だけでなく店内の様子やコーヒーなんかもおさめられていて、すべてに片倉さんの猫頭が写り込んでいる。着ぐるみだから当然なのだが、無表情。無表情でダブルピースの図はどうにも奇妙だ。

「こんなお茶目な仕草するんですね……。これ、本当に中の人、片倉さんですか？」

「まちがいなく僕ですよ」

言いながら、彼は顔の横でダブルピースを決めた。目の当たりにしても、やはり奇妙そのものである。

「そうだ。この写真使わせてもらえるようにお願いして、ホームページとかつくったらどうですか？」

提案してみるも、片倉さんは首を捻った。

「僕、機械音痴なのでマタタビさん、代わりにやってくれませんか？」

「私も機械には弱いんです」

「諦めましょう」

あっさり諦めた。驚くほど欲のない人だ。

「写真家さんがいらっしゃったのは、この写真を撮ったときの一回だけですか？」

ぴらっと写真を一枚摘む。片倉さんは頷いた。

「そうですね。いろんな風景を撮りに全国を回ってるようでしたが、本拠地は東京みたいだし、ここに見えたのは一回だけです」

「そっかあ」

照明の光が温かい、いい写真だ。外の風景の様子から見て、写真家が訪れたのは夕方のようである。私が来るときと同じで、お客さんの入りが悪い時間帯だったようだ。お陰様で写真の中の片倉さんは自由に活動している。

「東京から日本全国津々浦々、あちこち飛び回って写真撮ってるんでしょうね。そういう生き方、ちょっと羨ましい」

コーヒーを啜って、ふうと息をついた。

「好きなことをして生きていける人って、そういう才能があったり努力してたり、その努力が報われてたりする特別な人なんですね、きっと」

オフィスという籠にとらわれる生き方を選択したのは自分だ。とくにやりたいこともなかったし、安定を手に入れられれば、それが平凡で幸せな人生だと思っていた。

だがどの世界にも、固定された〝普通〟はない。同じオフィスで働く者でも、私のように淡々と仕事をこなす者もいれば、真智花ちゃんのように仕事そのものより人間関係を強化し、うまく世渡りする者もいる。真智花ちゃんが自由にやりたいようにやってうまくいくのは、真智花ちゃんだからだ。彼女が特別その能力に長けているからなのだ。

「特別な……。そうでしょうか。誰でもやってみたら、案外成功するかもしれないですよ」

片倉さんが猫頭をこくんと傾けた。

「実際、僕はなにも特別ではありませんが、好きで喫茶店を営んでいます」

この人は特別、というより、特殊だ。とは、あえて突っ込まないでおいた。

「片倉さんはお料理が得意じゃないですか。立派な特技ですよ」

「それも好きでやってたら身についた技術です。好き放題、自由気ままに生きてるんです。猫ですから」

うまいことを言ったつもりか、猫頭をつんつんしている。

「そして僕は、とっても幸せ」

「いいですねえ」

「あなたみたいな面白いお客様が来てくれるから」

片倉さんがふふふ、と不敵に笑う。

「写真家さん、面白い人だった。また来てくれないかなあ」

彼は独り言っぽくぼやいて、きゅっきゅとグラスを磨きはじめた。つやつやのグラスを一瞥し、私はまた写真を眺めた。面白い人なのは、この人も同じだと思う。

カラン、とドアベルの音がした。

「いらっしゃいませ」

片倉さんの頭が扉の方を向いた。

「こんにちは……」

女性がひとり、遠慮がちに会釈しながら入ってきた。その姿に、私は思わず息をのんだ。色白の肌に長い黒髪。大きな瞳と潤った唇、その顔はまるで作り物のように整っていた。入ってきた女性は、片倉さんのかぶり物に驚くでもなく、私の隣をひとつ空けて、カウンター席についた。

横顔を観察する。同性の私から見てもどきどきするような美しさだ。顔の下半分しか見えていないという片倉さんが損している気すらする。

「カフェラテを」

「かしこまりました」

片倉さんを見上げる目元も、注文した声もきれいだ。

それにしても、片倉さんの出で立ちを見てもまったく動じない。私が初めて見ただけで、よく来る人なのだろうか。女性の艶のある黒髪から華奢（きゃしゃ）な脚まで、じっくり見入ってしままう。

「……えっと……」

彼女がこちらを向いて戸惑った目をした。ハッとする。じろじろ見すぎてしまった。

「あ、すみません。あんまりおきれいなので、ついうっとりしちゃいました」

慌てて目を逸らしたが、余計に気持ち悪いことを言ってしまったような気がする。

「ええと……恐縮です」

彼女はなお怪訝な顔をしてこちらを見ていた。不快な思いをさせたと反省する。

「あの、それ」

女性が細い指をそっと、テーブルに這わせた。

「その写真、見せていただいてもいいですか？」

「え？　これですか？」

片倉さんから見せてもらっていた、数枚の怪しい写真。彼女の方へ差し出すと、きれいな顔が綻んだ。

「やっぱり、いい写真ですね」

微笑んだ彼女は、自分のバッグに手を入れた。中から本が出てくる。

「私、この写真を見てここを訪れたんです」

本を捲り、私にそのページを見せてくれた。見開きいっぱいに、この喫茶店と片倉さんのダブルピース。片倉さんが持っているものと、同じ写真だ。私は、女性客にカフェラテを差し出す片倉さんに向き直った。

「片倉さん！　これ、例の写真家さんの！」

片倉さんが話していた、写真家さんの写真集だろう。女性客はコーヒーをひと口啜ると、よいしょ、と腰をあげた。

「最初にこの猫の頭を見たときは、何事かと思いましたけど」

そして、私の隣の空いていた席に座りなおす。

「伝わってきたんです。この空気感が。きっと素敵なお店だなって」

近くに来るといい匂いがする。女性客は髪を耳にかけて、吸い込まれるように写真を眺めていた。写真集を持っているのだから、この写真家さんのファンなのだろう。

写真集のページが捲れ、喫茶店の写真以外も見えた。山、海の風景や星空。きれいな建物や、子供の笑顔。芸術に疎い私でも、すうっと心を奪われる。

「本当、いい写真を撮られる方ですね」

「写真は、ね」

女性客が苦笑いを浮かべた。

「人間性はさておいて」

「会ったことあるんですか？」

「ええ。私、この人の恋人なんです」

するっと衝撃発言が出た。

すごい偶然だ。先程ちょうど話題にのぼった写真家の恋人が来店するなんて。それも、こんな人形のような美人。モデルでもしていたのだろうか。

「それはそれは」

反応したのは片倉さんだった。

「素敵ですね。写真家さん、お元気にしてらっしゃいますか？」

「絶好調だと思いますよ」

女性客は、上目遣いに片倉さんを見上げてため息をついた。

「芸術家タイプにありがちな自尊心の塊ですからね。自信がある限り絶好調です。あの無駄に高いプライドがへし折られて、立ち直れなくなればいいのに」

「へ？」

思わず間抜けな声が出た。女性客は気にせず続けた。

「本当にろくでもない人ですよ。すぐ嘘つくし、部屋は散らかすし、生活力ゼロだし、人間のクズです」

「あのー……」

「温厚なのは上辺だけ。私も何度利用されたことか。あんなだめ人間、探してもそうそういませんよ。いたとしても絶滅すべきです」

女性客の花びらのような唇から、棘だらけの言葉がだらだら流れ出る。止まらない悪口に、私と片倉さんはぽかんと言葉を失った。私は少し間を置いて、問いかけた。

「恋人、ですよね？」

「恋人ですよ」

女性客がぴしゃんと言い切った。私はもう一度確認した。

「元恋人とかではなくて」

「恋人です。進行形で」

女性客はまた言い切った。

「別れの言葉もなかったですし、私はまだ恋人だと思っています」

なんだそれ。こんなに恨み辛みが募っているのに、別れる気はないというのか。あまりに不思議で目をぱちぱちさせていると、彼女は自嘲気味に笑った。

「大事なことはなにも話してくれない。旅に出るときすら、私になにも言わずに出かけるような人なんです」

「あ……。写真家だし、全国を飛び回るんですかね？」

あまりにズタボロに非難された写真家をフォローしてみたが、女性客は唇をカップにつけたまままきれいな形の目をちらっとこちらに向けた。

「そのようですね。ぜんぜん納得できないけど」

フォローのしようがなくなった。女性客はさらに文句を続けた。

「普通ひと言くらい言いますよね。どうでもいいことは喋ってるくせに」

ぶつぶつと怒りを零すその目は。

「私は恋人なのに」

今にも泣きそうに見えた。

「そうなんですか……」

なんだかガッカリだ。いい作品をつくる人がいい人とは限らないようだ。

「いい写真を撮るのは、のびのび自由に生きてる証拠。裏を返せばやりたい放題なのよ」

女性は、彼の撮ったという喫茶店の写真を見つめてため息をつく。やりたい放題。たしかに真智花ちゃんをはじめ、自分を中心に動くタイプはすごいことを成し遂げる傍ら、私みたいなのが振り回されているのが常である。

「よくわかりました。恋人なんて、所詮他人だってことです。あの人にとって私はその程度なんでしょうね」

女性客は眉間に皺を寄せてカップに口をつけた。怒った顔も憂いがあって絵になる人だ。私も、自分のコーヒーを口に含んだ。なんだか、苦い。

「わかります」

コーヒーで湿らせた口が、乾いた声を出した。

「恋人なんて、いないない方が楽です」

「そうね」

女性客が前髪を掻き分けた。

「あんな思いをするくらいなら」

彼女の伏せた目にコーヒーの水面が映る。

わかりますなんて、生意気だと自分を罵った。彼女がどんな思いでここに来たのか、きっと半分も理解できていない。ただ私にわかることは、信じていた人の後ろ姿を見送ることの切なさくらい。

私に彼女の気持ちは到底理解できない。人間性をこれだけ否定するのに、恋人だと言い切る、そんな関係が理解できない。

「なるほど。たしかに、恋人は他人ですね」

ずっと黙っていた片倉さんが、突然口を開いた。

「血縁のある家族のように、始めから繋がっているわけではない」

ふんふん、と妙に納得して繰り返し頷いている。

「そんな赤の他人に心を預けるのだから、恋人ってすごいですねえ」

片倉さんが、かぶり物の中で笑った。

「写真家さんのことを、そんなに悪い人みたく言わないであげてください。僕、あの方と馬が合って、話が弾んでしまいましたよ」

女性客が怪訝な顔になる。

「あれと馬が合ってしまったんですか。あいつはとてつもない人誑しです。騙されてますよ、たぶん」

「あんなに楽しかったんだから、騙されてみるのもいいかもしれませんねえ」

片倉さんは大らかに笑っている。

「そしてお客様も、幸せそうです」

「私がですか？」

女性客は、飲もうとしたコーヒーを口から離した。

「幸せそう、ですか？」

「ええ、とっても」

無表情の猫頭が頷く。女性客は大きな瞳をぱちぱち、繰り返しまばたきさせた。

「見るからに変わってますけど、本当に変わってるんですね、マスター」

「よく言われます」

「独特です。本当に」

それからハッと、大きく目を見開いた。

「ごめんなさい！　なんか私、愚痴ばっかり言って……！」

突然気がついて慌てはじめる。

「失礼しました、ええと……」

「いいんです、それでいいんですよ」

片倉さんは彼女の声にやんわり被せた。

「喫茶店は心を落ち着かせるための場所。とくにこのお店は、そういうところですから」

女性客はぽかんと口を半開きにしていた。片倉さんは手元でカチャカチャ作業しながら、淡々と語った。

「生きていればいろんなことがある。悲しいことも辛いことも、たくさんある。それがいっぱい溜まってきて、時間が経てば解決するんじゃ間に合わないくらい溜まって、消化できなくなるときもある」

無表情の猫は淡々と語った。

「逃げ出したいときは、ぜひ逃げてください。こうやって心のデトックスをすれば、すっきりした気持ちでもう一度現実に立ち向かえます」

その言葉は優しく、それでいて力強かった。聞いていることしかできなかった私は、ただゆっくり、彼の言葉の意味を噛み砕くほかなかった。

「幸せ、か」

女性客がぽつりと呟いた。

「難しい。定義がないから」

「定義がないからこそ、自分がどう思うか次第……なのかな」

私も首を捻って考えてみた。やはり、わからなかった。哲学なんて、難しい。

「ただわかることは、私は不幸ではない」

「そうね。そんな感じね」

彼女は私に笑いかけてから、カタンと椅子から立ち上がった。

「ごちそうさまです。おいしいコーヒーでした」

「それはよかった」

片倉さんは柔らかに言った。

「またいつでもいらしてください。一応、どんなに凹んだお客様でも受け止められる態勢を整えておきますので」

「ふふ。マスターも他人の愚痴ばかり聞いて、体壊さないでくださいね」

女性客は冗談っぽく笑い、カウンターに広げた写真集を回収した。片倉さんの猫頭が、それを目で追ったように見えた。

「それで、これからどこへ行かれるんです」

「そうですね。隣の県の、星空のきれいな山に。この写真集にのっている場所を巡っているんです」

髪を耳にかけて、微笑む。彼女は私にも視線を投げた。

「あなたもなにか辛い思いをしたんですね」

「私はたいしたことないです。未練とかないし」

先程の私の言葉を拾ってくれたのだろう。写真の片倉さんの真似をして両手でピースしてみせた。女性客は少し、頬を赤らめた。

「わ、私だって」

手の甲で口元を覆って、逆の手で写真集を抱きしめる。

「あんな人、大っ嫌いです」

捨て台詞にしか聞こえなかったが、それから女性客はにこりと会釈して、店を出ていった。

彼女のいなくなった店内は、急に華がなくなったというか、いつもの何気ない光景が戻ってきて、やけに落ち着いた。

「自由気ままにやりたいことをやりたい放題に生きている人は」

片倉さんは閉じた扉を見つめて呟いた。

「才能があったり努力してたり、その努力が報われてたり、運がよかったり人徳があったり、いろんなものを持ち合わせて、なんでも思いどおりに進んでいるように見える」

落ち着いたドアベルが静かにぶら下がっている。

「だけどきっと、いろんなものにぶつかって失敗したり、諦めかけたりすることもあったんだと思うんです。それらを持ち合わせない人と、まったく同じ条件で」

片倉さんを見上げる。もう、扉の方は見ていない。

「ただ彼らの原動力になるのは、万が一なにかあったとき、安心して帰ってこられる場所があること、なのかもしれませんね」

私は黙って片倉さんの哲学を聞いていた。

恋人の写真集を大事に持って歩いて、この場所まで訪ねてくる、そんな女性客の後ろ姿を思い浮かべながら。

「写真家さんは例外だったみたいですね。彼は逆に、帰ってこられる場所があると困るので、旅をするのでしょう。彼は特別変わり者でしたから」

片倉さんがグラスを磨く。私はその音に耳を傾けていた。

「難しいこと言いますね。そんな猫頭被ってるくせに」

「ふふ。単純に、あの写真家さんは特殊だってことです」

「あなたも負けないくらい特殊です」

いろんな意味で。

「先程のお客様もなかなか特殊な方でしたね。アンチしながら聖地巡礼をなさるなんて」

片倉さんはわざとらしく笑った。私もくすっと苦笑いした。

「ね。末期の大ファンですよ。〝だめ男好き〟ってジャンルが存在するのは知ってたけど、実物は初めて見ました」

「美しい愛の形でしたねえ」

「今日の片倉さんは、いつにも増して哲学的ですね」

私はひと口分残っていたカレーをスプーンで掬った。

「私はこのカレーを食べてるときが、至高の幸せを感じる瞬間かな」

「それは光栄です」

ほかほかのカレーの風味が、口の中でピリッと広がった。

Episode 7・猫男、困惑する。

あさぎ町に冬が来た。気候の温暖なあさぎ町でも、十二月に入る頃にはマフラーと耳当てが欠かせなくなる。この時期になってくると、ニャー助が部屋の中に陽だまりができる場所を見つけてまん丸くなる。私もその隣に寄り添って、陽の光とニャー助の体温の両方から暖をとるのであった。

そんな真冬の、仕事終わりの夕方。いつもどおり帰りに喫茶店に寄ろうと自転車で走っていた。海浜通りを駆け抜けて赤い屋根が見えてきた、そのときだった。

「どうなってんだよ！」

男の怒鳴り声がして、びくっと肩がはねた。

何事かと声の方を見ると、その声はまさに喫茶店の方から響いていた。見れば、片倉さんより頭ひとつ分くらい背の高い大男が、店の前で叫んでいるではないか。その男のせいでできた日陰に入って、細身の猫男が彼を見上げている。お店の外のテラス席の前で揉め事が起きているようだ。

なんということだ。あんな大男に喧嘩を売られてしまったのか。まあ、神経を逆撫でするようなかぶり物を被っている片倉さんも悪いが。

クレームなのか、ただ言いがかりをつけられているのかはわからないが、男の喚（わめ）き声だけは聞こえる。かなり一方的に怒鳴っているようだ。しかし怒鳴られている方の片倉さんは勇敢に立ち向かっているのか、至近距離で男を見上げておとなしくしている。

言い返している様子はない。柄の悪そうな大男は、なにやら大きな声で喚きながら猫頭に詰め寄っている。

あんなものと一対一では片倉さんが可哀想だ。

あまり酷いようなら警察を呼ばなくては。私は自転車を全力で飛ばして、喫茶店の横に付けた。

「片倉さん！」

「あ！　夏梅！」

先に反応したのは片倉さんではなく、彼を見下ろす大男の方だった。

あれ、今、名前を呼ばれた？

その顔を見上げて、ハッとなった。なんと、そこにいた背高のっぽは。

「お兄ちゃん……」

「なんじゃ、ここにおったけ！」

無駄に高い背丈に無駄に大きい地声、まちがいない、私とたしかに血を分けた実の兄だ。

「久しぶりだの、正月ぶりだら？　元気に独りしとるけ？」

「なんで片倉さんを困らせてるの？」

驚くのをすっ飛ばして、呆れてしまった。

「おや、マタタビさんのお兄さんでいらっしゃいましたか」

片倉さんは穏やかに言った。私は兄を無視して片倉さんに向き直った。

「片倉さん大丈夫ですか？　お兄ちゃんが喧嘩売ったりしてすみません」

「喧嘩なんか売られていませんよ」

「そうだべ夏梅。俺は道を聞いとっただけだじゃ。ついでにそのかぶり物ええなあ、構造どうなってんだよって、聞いてただよ」

兄が偉そうに言った。そうだった、この人は喧嘩でなくても声が大きい。

「ふむ、しかし困りました」

片倉さんが兄と私を交互に見た。

「お兄さんと意思の疎通をはかりたいのですが、なんとおっしゃってるのか……」

「すみません。兄は標準語のチャンネル持ってないんです」

喧嘩ではなかったけれど、兄が片倉さんを困らせていたことは揺るぎない事実だった。

実の家族のアポなし訪問。迷惑行為にもほどがある。

「夏梅が寂しいと思って来てやっちゃだよ。歓迎しんよ」

喫茶店の店内に入ってカウンター席についた。お客さんは、私たちだけ。

「寂しくないよ、ニャー助いるよ。お兄ちゃんうるさいよ」

「俺は夏梅が心配で心配でならないだよさ」

お正月はニャー助を連れて実家に帰っているから、私が猫と仲睦まじく暮らしていることは兄も知っているはずなのに。六つも歳が離れている兄は、子供の頃から世話焼きで私をかわいがっていた。が、この歳でこれでは、もはや鬱陶しいことこの上ない。

「ごめんなさい片倉さん。この人わけわかんなくて。すぐに実家に返却するんで」

物静かな片倉さんが可哀想で、思わず謝る。彼は穏やかに返した。

「まあそうおっしゃらずに。八割くらいはニュアンスで伝わりますよ」

「わけわかんないって、言葉の話じゃなかったんだけど……まあいいか」

「さて、ご注文はお決まりですか？」

片倉さんに促されて、今更考えはじめる。

「どうしよっかな。お腹すいちゃった。フードメニュー、おすすめありますか？」

自分で夕飯の準備をするのが億劫な日は、こうしてこのお店で済ませてしまう。

片倉さんはしばし悩んでから、そうだ、と手を叩いた。

「地元の漁師さんからお魚をいただいたので、ムニエルでもつくりましょうか」

「それ！　それがいい！　あと、シナモンティーも」

「かしこまりました」

片倉さんの穏やかなオーラに、一瞬兄の鬱陶しさを忘れた。癒される。

「お兄さんは？」

「一緒のもんで」

答えてから、兄はまた私に向き直った。

「しっかしお前、ほんとに色気がねえけの。何年彼氏いないんね」

兄がじろじろ私を眺めた。私は彼を横目で睨んだ。

「ほっといてよ。べつにいらないし」

「昔はお兄ちゃんと結婚する！って色気づいとったのに。あの勢いどうすんぞね？」

「どうするもこうするも、幼少期の意味のない言動になんで今更いちいち責任とらなきゃならないのよ。そもそもそんなこと言った⁉ 覚えてないよ」

面倒くさい人だ。本当に早く帰ってほしい。だが、車で来れば二、三時間は掛かる距離をはるばるやってきたのだ。まったく無意味に訪ねてきたとは考えにくい。

「で。急に来たってことは、なにか大事な話でもあるの？」

仕方なく歩み寄ってやる。

「いや、そんなに大事でもねえけんど」

兄はふるふると首を振った。大事じゃないなら来ないでほしかった。

「母ちゃんが、夏梅はまだ独り身さ言うて心配しとるけ。早くええ人見つけんと、取り返しがつかんことになるば言うちょるよ」

「まーたその話⁉ 帰省するたびに言われるし、メールでも言われるし、最近は電話でも言われてるよ。お兄ちゃんがわざわざ来て言うほどのことじゃないよ」

言われなくてもわかっている。私の年齢的なことも含め、母がそれを気にしているのは知っている。私自身だってようやく自覚が湧いてきて、うっすらとした不安に幾度となく苛まれているのだ。

「用件はそれだけ？　なら帰って。私ももう夕飯食べたら帰るから」

「ああ、ほんかったら夏梅ん家さ戻ってから続き話すべ！」

「ついてくるつもりなの？　帰ってよ」

「だめじゃー、ちゃんと話さなあかんべよ」

兄はメニューを見ながら無駄な大声で叫んだ。

「お見合いや、夏梅！」

「へ⁉」

この小さな喫茶店の外にも響き渡るのではないかという近所迷惑な声量だった。

「お・み・あ・い！」

な……。なんですって。

「おやマタタビさん、ご結婚なさるんですか。おめでとうございます」

片倉さんがシナモンティーとムニエルを出しながら朗らかに言った。

「しませんよ⁉　やだよ、なんなの？　お兄ちゃんそういうの断ってよ。私がひとりで喚いても無駄だけど、お兄ちゃんからも断ってくれればお母さんだって考え直してくれるかもしれないじゃん」

たしかにここのところ、将来への不安から焦りを感じていた。でも、いくらなんでも唐突すぎる。そうやって急ぐべきことではないと思う。

「いやあ……俺かて心配さね。かわいい妹さいつまでも独りじゃ」

兄は大袈裟に首を振った。

「親戚のおばちゃんが、従兄弟の先輩らへんの人紹介してくれるけ。次の正月には写真も用意できるっちゅう話だべ」

「なんで私がいないところでそういう話を進めるの……」

いつかは自分も結婚するのかな、と漠然と思っていた時期が私にもあった。だが今、その誰だか知りもしない人といきなり面談をして、その人物と生涯を共にすると考えると、デメリットしか思い浮かばない。

結婚なんて絶対面倒くさいではないか。ノラ猫みたいに自由に生きたい私にとって、それは苦痛でしかないだろう。

兄は豪快に笑った。

「まだお見合いの段階さね、結婚が決まったわけやないけ」

「そうだけど、もうお見合いという戦場が怖いよ。空気感を想像するだけで吐きそう」

「大丈夫や、猫被ってええ子ぶってれば事は済むけん」

兄は私の背中をぽんぽん叩いて、それから片倉さんを一瞥した。

「ああ夏梅、物理的に猫被るんとちがうべ？」

「わかってるよ！」

私はフォークをムニエルに突き刺しながら兄をひと睨みした。兄も同じくムニエルを口に運びつつ、続けた。

「けんどな。ようは母ちゃんがそんだけ焦りだすほど夏梅が独りなのが心配やけ。ぼちぼち彼氏のひとりやふたり紹介できるようにせんと」

それだってわかっている。でも結婚は人生の墓場と聞くし、そんなに無理矢理急いで決めるのはちがうのではないか。

「たしかに辛いこともあるとよ。でも、楽しいことも嬉しいことも仰山（ぎょうさん）あんべよ」

「やめて。お見合いなんか絶対行きたくない。断る。お兄ちゃんからも断って」

めそめそとテーブルに頬をつけて駄々をこねる。しかし、兄はまだ引くつもりはないらしい。

「しかしなあ。夏梅を独りにしとくのは、俺も心配やけ」

「他人と一緒に暮らす方がよっぽど心配だよ」

「お前はそうでも、母ちゃんと世間はそう思ってねえだよ。ぼちぼち身を固めんとごせっぽくないき」

「ごぜっぽく……？」

片倉さんが不思議そうに繰り返した。私は彼の方を振り向く。

「『せいせいしない』って意味です」

「あっ、この魚うめえべな！」

「恐縮です」

マイペースな兄が突然褒め言葉をぶち込んでも片倉さんは冷静だった。

「獲れたての新鮮なお魚です。この辺のは脂がよくのっていておいしいんですよね」

私もムニエルを頬張った。まず口の中にバターの風味が贅沢に広がって、それからお魚の柔らかい身とパリパリの皮が舌で解ける。お魚が新鮮なのもあるが、片倉さんがやたらと料理上手なお陰で、かなり本格的なムニエルになっている。喫茶店の軽食というよりレストランのメインディッシュのようだ。

「そうだお兄さん、あさぎ町の自慢のお魚、よかったらご家族へのお土産にいかがですか」

「おう、買うて帰るけ！」

兄がご満悦でムニエルを頬張る。

「駅前に海産もんの店あったな」

「いいお店があります。あとで割引券お渡ししますね」

先程までのピリピリした話題を、なにも聞いていなかったかのような穏やかさだ。私も兄も頬が緩む。

「ねえ片倉さん。お見合いどう思います？」

振ってみると、彼はしばし首を捻った。

「ご家族の問題に、僕が口出ししていいものかわかりませんが……マタタビさんが望まないご結婚が、果たしてマタタビさんのためになるのか」

救世主だ。思わずぱあっと顔が輝いた。

「ですよね。絶対ならないですよね。片倉さんは、私の味方なんですね！」

「いやしかし……たしかにお兄さんのおっしゃることも正しい」

「…………」

あくまで中立のようだ。片倉さんは私を宥めるように穏やかな口調で言った。

「どうしてそんなに嫌なんですか。夫婦生活って、楽しそうじゃありませんか」

「どこがですか……」

「お天気の話とかしながら外を散歩するご夫婦を見ると、なんだかほっこりしますよ」

ベテラン熟年夫婦を思い浮かべているようだ。片倉さんの言うとおり、あの和やかな雰囲気には、少しは憧れる。片倉さんくらい落ち着いた人が相手なら、そんな空気にもなるのだろうか。

「片倉さんは結婚とか、意識したことあるんですか？」

話題を片倉さんに差し向けると、彼は笑ってごまかした。

「どうでしょうねえ」

「話を逸らして逃げようとするな、問題はお前さね、夏梅」

兄が再び私に向き直った。

「お見合いの席、用意してえな？」

「だめだめ、やめて。頼むよお兄ちゃん、頼りにしてるよ」

媚びてみると、単純な兄は少し私に歩み寄った。

「せやけんなあ……夏梅はなんで、そんな頑なにお見合いが嫌さね」

言ってから、あっと叫んで手を叩いた。

「もしかして好きな人おるけ？」

「は⁉」

「なるほど、だから嫌なんか。ほんならしょんないな」

兄はもぐもぐムニエルを口に運んだ。ずいぶんあっさりと言ってくれたものだ。

「ちがうよ！　高校のときに一生恋人つくらないって誓ったの忘れた⁉」

「あかん！　あかんたれやで、夏梅は意地っ張りであまのじゃくじゃやけ！」

兄のもともと大きい声がさらにヒートアップする。

「高校生のとき恋人いりません宣言したせいで、人を好きになっても言えないだけやけ！」

「決めつけないでよ、実際いないんだから」

ため息をついて最後のムニエルを口に入れる。絶対おいしいはずなのに、味がしなかった。

「でもなあ。夏梅が『お母さん！　うち好きな人できたで！　克服しちゃけん』っちゅったら母ちゃん安心すんべ？」

兄がこちらを覗き込んでくる。たしかに、それならお母さんが慌てて余計なお節介を焼くこともなくなるかもしれないけれど。

「ひとまずお母さんを安心させるだけでいいなら、その場限りの嘘で乗り切れないかな」

「どういうこっちゃ?」

「結婚を前提にお付き合いしてる人がいますって、嘘ついちゃう」

私に恋人がいることにしてしまえば、お見合いなんてセッティングされずに済むだろう。嘘をつくことは気が進まないが、それしかない。

「アホたれ、会わせろて言われるべ。そんな朗報聞いたら、母ちゃんここまで飛んでくんべ?」

兄にぐさりと痛いところを突かれた。

「そんな茶番に付き合ってくれそうな友達おるけ?」

「いない」

仕事の忙しさにかまけて、友達との交流を怠っていたツケが回ってきた。

「ふむ……嘘をつくと……。そうですか」

カウンターの向こうで片倉さんがぽつりと零した。同時に私と兄は、あ、と彼を見上げた。

「ちょうどいい猫男が……!」

「ん!?」

片倉さんがびくっと肩をはねさせた。私は席から立ち上がって前のめりになった。

「いた!　協力してくれそうな友達、いた!　心優しい清らかな猫さんが」

「僕ですか」

「なるほどな。この猫ニャンなら家庭的だし礼儀正しいし、母ちゃん喜ぶねんな」

兄がしきりに頷いて同調した。これはもう、この人に頼むしかない。

「お願い片倉さん、私のわがままに付き合ってください！」

テーブルに額をつけて懇願すると、片倉さんはとくに慌てる様子もなく苦笑した。

「お顔をおあげください」

「協力してくれるんですか？」

顔をあげずに聞く。

「いえ、やはり嘘に加担するのはいかがなものかと」

片倉さんはまったく乗り気ではなかった。私は引きつづき頭を垂れた。

「お願いします。誰も不幸にならない嘘じゃないですか」

「うーん……そうは言っても、それを実行するとなるとこのかぶり物、脱がなきゃならなそうですし」

「片倉さん、一度かぶり物外して母と会ってるじゃないですか」

片倉さんは、春にこの店の前のマスターが入所している介護施設を訪ねている。そこは私の母の職場でもあるから、そのとき顔を合わせているはずなのだ。

「お会いしていますけど、今回はマタタビさんも一緒に行くんですよね。それだと話はちがう」

片倉さんが首を傾けた。

「私もこんなことに片倉さんを巻き込みたくはないんですけど、お願いできませんか？」

「そうですねえ……お気持ちはわかるんですが」

片倉さんはどこかトーンの落ちた声で返した。

「やはりマタタビさんのお母様を騙すような真似は、僕にはとても……」

片倉さんの猫頭がカウンターの一点を見つめている。私はカウンターから顔をあげて、またため息をついた。

片倉さんの言うこともわかる。母を欺くのはもちろんしのびないし、無関係の片倉さんを巻き込むのもまちがっている。それはわかっているのだけれど、恋愛やら結婚やらを焦られるのは、母も辛いし、私も辛い。板挟みの兄にも申し訳ない。

ムニエルのなくなった皿をぼんやり眺める。

「……やっぱり、嘘じゃなければ、本当の気持ちならよかったんですね」

「え？」

片倉さんが固まった。

兄も、ぽかんと口を開けて凍りついた。

「私が本物の彼氏をつくって、お母さんに紹介できれば万事解決なんですよね。うん、それだ。いや、彼氏ができればの話なんだけど、つくる努力をすればさ」

ひとりで頷いて、片倉さんを見上げる。彼は私の方に猫頭を向けたまま微動だにしない。

兄も間抜け面のまま、しばし私を凝視していた。

「え、嘘じゃない……本当の……？　つまり嘘じゃなかったん……？」

兄はなにやら口に出して頭の中を整理していた。そしてなにか答えに行き着いたらしく、突然、ガタッと席を立ち上がって今までのいちばんの声量で叫んだ。

「そうけ！　そういうことやったんけ！　……わかった。そういうことなら兄ちゃん協力すんべ。母ちゃんのこた任しとき！」

なにをどう解釈したのか、目をらんらんと輝かせている。

「悪かった夏梅、俺はお前を誤解しとったに」

「う、うん？」

兄が私の背中をばしばし叩く。力が強すぎて痛い。彼の中でなにかが解決したようで、いきなりテンションが最高潮まであがった。

「ほんなら俺、今すぐにでも帰るべさ。そうじゃニャンコ」

兄がカウンターに手をついて前のめりになって片倉さんに手招きした。不思議そうに様子を見ていた片倉さんだったが、おとなしく兄に近づいた。兄が片倉さんの猫頭をぽふぽふ叩いて、彼の猫耳に口を寄せた。なにやら耳打ちをしているようだ。片倉さんの耳はそこではないはずだけれど。

「ほな、任せたな！」

突然また、もとの大声に戻る。片倉さんは無表情のかぶり物の中からやや困惑した声を洩らす。

「え、ええ？　すみません、お兄さん……なにを」

「魚うまかったで。また来るけ」

「あ、それはよかったです。ああこれ、お魚屋さんの割引券」

「気が利くのう！　ほんじゃ、またな夏梅！」

兄は信じられないほどの上機嫌で私の分まで会計を済ませると、店を飛び出していった。

ばたん、がらんがらんと扉の音とドアベルの音が店内に響く。音の余韻が消えるまで、

私と片倉さんは呆然と兄の消えた扉を眺めていた。

「あの……兄がうるさくて鬱陶しくて、すみませんでした」

扉を見つめたまま謝ると、片倉さんは静かな声でいえ、と返した。

「素敵なお兄さんですね」

「あと、私も、困らせるようなこと言ってすみませんでした」

視線を扉から片倉さんに戻した。彼も私に視線を返した。

「お気になさらず」

嵐のあとの静けさだ。兄がいなくなった店内は、真冬らしからぬ熱気が静まって、ひんやりした空気が流れはじめた。

「お兄ちゃんの言うとおりかもしれないですね」

お茶を啜りながら呟いた。

「親を心配させるくらいなら、一人前に恋愛して、結婚を考えはじめなきゃならない歳なのかも」

真智花ちゃんが二十四歳までに結婚する、と話していた。私はその年齢をとっくに過ぎていて、そんな兆しさえない。周りが心配するのも無理もないことなのだ。

「お兄ちゃんも言ってたけど、私は意地っ張りなんだと思います。べつに恋人がほしいわけじゃないけど、そろそろいい加減にしなきゃいけない」

子供っぽい意地は捨てた方がいいのかもしれない。紅茶のシナモンの香りを嗅いでいると、妙に大人になってくる。

「そうですか……。ですが、マタタビさんの人生なんですから、あなたなりの生き方をすればいいと思いますよ。大事なところで選択を誤って、後悔することもあるかもしれないけれど、今のあなたが正しいと思っていらっしゃる方向に進めばいいのでは？」

片倉さんはまた冷静に、穏やかに言った。柔らかい声が心地よくて、眠くなってくる。

将来は不安だ。この先ひとりぼっちで生きていけるかと考えたら、支え合える誰かが必要な気がしてくる。でも、ストレスだらけの日常を抱えるのは怖い。もしかしたら、こうして喫茶店でお茶する日課もままならなくなってしまうかもしれない。それは嫌だ。片倉さんとゆったり会話をする時間を、誰にも奪われたくない。

「私、なにがしたいんだろ……」

考えれば考えるほどわからないので、考えることをやめた。

「そういえば片倉さん、さっきお兄ちゃんからなんて言われたんですか？　ほら、なにか耳打ちされてたじゃないですか」

わざわざ私に聞かれないように耳打ちで片倉さんにだけ言ったのだから、ここで私が聞いたら意味がないが、気になる。

「う……それは」

片倉さんがふいっと顔を背けた。

「言えません、僕にはとても……」

兄め。いったい片倉さんになにを吹き込んだのだ。

「言えないようなことなんですか？」

「あの、お恥ずかしながら」

こちらが覗き込むと、片倉さんはかぶり物のくせに目を逸らした。

「お兄さんの方言が強くて……なんとおっしゃっていたのかさっぱり」

「伝わってなかったんですか⁉」

「ええ、聞き返すタイミングを失ってしまいましたし、せめてマタタビさんに通訳を求められればよかったのですが、あいにく僕では真似もできない」

ああ、お兄ちゃん。かっこつけて粋なふりをしたのに、まるで伝わっていないなんて、不憫な人だ。

でも、なんと言ったのか私が聞いたって答えてくれないだろう。

「迷宮入りですね」

「そうですねえ」

気になる気もするが、なんだかどうでもよくなっていた。

Episode 8・猫男、惜しむ。

「明けましておめでとうございます、マタタビさん」

年が明けて最初に『猫の木』を訪ねた日、猫頭はいつもの穏やかな調子で言った。

世間はまだ正月気分でどこも仕事が始まるのは明日から、というところが多い中、この喫茶店は早くも三日から営業を始めていた。

扉の上のしめ飾りとカウンターの小さな鏡餅は、西洋風なお店の雰囲気とはなんともミスマッチである。

「明けましておめでとうございます。今年もよろしくお願いします」

いつものカウンター席について、辺りを見渡す。カウンターに猫の置物、レジ周りに小さな招き猫。暮れにはなかったものだ。

「猫が増えてる。どこか行ってきたんですか」

「ええ、ちょっと遠くまで買い物に。かわいいでしょう？」

「かわいいですね」

置物たちは戦利品のようだ。

「今日はウィンナーコーヒーにしようかなあ」

「かしこまりました」

穏やかな空気が心地いい。片倉さんは白いカップを手にとって作業を始めた。

「年末年始はいかがでしたか」

世間話を振ってくる。

「今年もニャー助と一緒に実家に帰って、コタツで丸くなりました」

実家と口に出して、あ、と思い出した。

「あのお見合いの話、なかったことになってました。お兄ちゃんがどう丸め込んだのかまったく謎ですけど、お母さんがえらくご機嫌でした」

「そうでしたか。なにはともあれ、丸く収まってよかったです」

母はもう干渉しないと、上機嫌で宣言した。なぜ気が変わったのか不思議でならないが、私としても焦らされないのはありがたい。

「お母さんの機嫌がいいから、ご飯もお菓子も山盛りで……ニャー助にまでおやつあげちゃうんですよ。お陰で私もニャー助も正月太りです」

苦笑いしてから、私は丸々と肥えた今のニャー助の姿を脳裏に浮かべた。

「こっちに戻ってきてもニャー助の生活レベルが実家のままで困ってます。あれ以上太っちゃうと健康に差しつかえる」

「ふむ。ダイエットを考えた方がいいかもしれませんね」

片倉さんが手指をモコモコの口に当てた。私は彼を見上げ、眉を寄せた。

「そうですよね。でも猫のダイエットって難しくって。おもちゃで運動させようにもすぐ飽きるし、ご飯減らしすぎるのも嫌だし……なにかいい方法はありますか？」

相談すると、片倉さんはカウンターの向こうでのっそり屈んだ。そしてカラッポのペットボトルを手に持って、正面に戻ってくる。

「こういうのはどうでしょうか。このペットボトルみたいな空容器に、キャットフードひと粒がギリギリ通るくらいの穴を開けます」

ペットボトルの側面を指さしている。

「それで、中にキャットフードを入れます。猫さんは中にご飯があるとわかったら、なんとか取り出そうとしますね」

聞きながら、私はふんふんと頷いた。片倉さんがペットボトルを軽く振る。

「コロコロ転がして、動くフードを取ろうとします。転がしているうちに、側面に開けた穴からフードが出てくれれば食べられる。運動にもなりますし、早食いを防止できます」

「そっか！　次の粒を取り出すのにまた時間がかかるから、満腹中枢が刺激されて食べる量も減らせますね」

私はぱちんと両手を合わせた。

「帰ったらさっそくやってみます。ありがとうございました！」

猫飼いではないはずなのにこんなことを知っているなんて、伊達に猫の兜(かぶと)を被っているわけではない。

「片倉さんは、年末年始はどう過ごしたんですか？」

プライベートが謎めいている彼にこれを聞くのは不思議な感じがしたが、尋ねてみた。

片倉さんはふうと息をついた。

「放浪の旅にでも出ようかと計画していたのですが、果鈴に捕まって結局実家に」

正月帰省。浮世離れしたかぶり物男のくせに、じつに普通だ。

「お年玉が目的だったようです」

姪っ子にお年玉をせびられる。普通だ。

「なんか……思ってたより普通ですね」

思わず声に出して言うと、彼はくすっと笑った。

「つまんないでしょ」

「外見が面白い分、ギャップがすごいです」

漫画なんかで出てくる着ぐるみの人物は、たいてい謎に包まれている。まったく喋らないという人物すら多い。しかしながら片倉さんは、こういうとき妙に人間くさくて、その中途半端さがかえって珍しい。個性派なのかそうでないのか。このアンバランスさが彼の個性なのだろうけれど。本人はとくになにも考えていないのだろう。

片倉さんがカウンターに温かいコーヒーを置いた。柔らかそうなクリームがたっぷり浮かんでいる。他愛のない会話、ゆっくり流れる時間。心地いい。

コーヒーの香りに目を細めていると、カランカランとベルの音がした。お客さんだ。扉の方を見ると、派手な金髪にぶかぶかめのコートをだらしなく着た、二十代前半とおぼしき青年が立っている。彼を見た私は、一瞬言葉を失った。

「ちわっす、マスター！」

敬礼しながら明るく挨拶した彼の肩には。

「……鳥？」

緑と赤の鮮やかな小鳥が、ぽつんと鎮座しているではないか。

「いらっしゃいませ」

片倉さんは動じない。

鳥がこちらを見ている。手のひらサイズの小さな体は、ぽってりと丸っこい。緑色の体に、頭をペンキに突っ込んだかのように顔だけ赤い。

「片倉さん……あの鳥なんですか」

「コザクラインコです」

コザクラインコ。インコを飼った経験のない私にとってはすごく新鮮である。

「どうもー。コザクラインコの櫻座衛門（さくらざえもん）でっす」

金髪の青年が、肩のインコの翼をぽんぽん撫でた。渋い名前のインコはおとなしくこちらにくちばしを向けている。よく見ると、お腹から背中にかけて翼を出せる洋服を着ている。羽根の色と同じ、緑の服だ。

なんだろうか、突っ込みどころがいろいろあって、なにから聞けばいいのかわからないが、ただひとつ、確実にわかっていることは、凄まじく個性の強いお客さんがやってきたということだけだ。

　肩にインコを乗せたまま店内にツカツカ入ってきたインコ男に、片倉さんは慣れた口調で制した。

「すみませんが、人外のお連れ様がいらっしゃる場合は、ペットキャリーに入れていただくか外のテラス席のご利用をお願いしています」

　しかしインコ男は大袈裟に自身の腕を抱いた。

「知ってる！　知ってるんだけど、外めっちゃ寒いんすよ。俺も櫻座衛門も凍えちゃうんで、今日くらい中じゃだめっすか」

　片倉さんは首を捻った。

「いやあ……寒いのは承知ですが、ほかのお客様のご迷惑になりますので」

「えー……寒い」

　インコ男が肩のインコと顔を見合わせる。私はそろりと手をあげた。

「あの、外のテラス席だとインコさん寒いだろうから、今日はほかに私しかいないんだし、屋内でもいいんじゃないですか」

「おお⁉」

　インコ男が私の方を向いた。

「マスター、唯一のお客さんがこう言ってるし、今日くらいいいでしょ」

「ふむ……マタタビさんがそうおっしゃるなら、特別ですよ」

片倉さんが渋々応じた。インコ男は、へらっと緩い笑顔を見せた。

「やりぃ。マスターもお姉さんも大好きっすー」

ぽんっと私の隣の席に座る。インコが私の真横に来た。

「かわいいですね、櫻座衛門さん」

まじまじ観察してみる。緑と赤のつやつやの羽毛に、黒真珠のようなまっ黒な瞳。ふっくらと艶やかなくちばし。見事なインコだ。

「肩に乗せてるけど、飛んでっちゃったり、ほかの動物と喧嘩したりしないんですか？」

「ブリーダーから買ったフライトスーツ着せてるんで大丈夫っす。安全第一は動物の命を預かる者の使命っすから」

インコ男は丁寧に答えてくれた。なるほど、インコが着ている服はフライトスーツというのか。リードがついていて、安全に散歩できそうだ。

「俺、この近所の農業高校出身でして。学校の課題研究で生まれたインコ引き取ったんす。タマゴから育てた俺の相棒」

なるほど、だからこんなに溺愛しているのか。インコ男が自慢げに櫻座衛門さんに指を近づけた。櫻座衛門さんはプギュルと喉を鳴らして、彼の指をくちばしでつねった。

「かわいいだろ？」

インコ男がニヤリと笑う。

「かわいいです」

猫男が真っ先に返事した。

「小松菜がありました。櫻座衛門さん、小松菜お好きですか」

「好きっすよ。櫻座衛門に小松菜、俺にはそうだな、高校時代と同じココアください」

「かしこまりました」

フィーリングが合っている。猫を溺愛する片倉さんと、インコを溺愛するこの人。話し方や服装のセンスなんかはまったくちがうのだが、どうもこのふたりは近い人種のようだ。

ちらりと横を見る。インコ男の肩の上の櫻座衛門さんと目が合う。つぶらな瞳でこちらを観察していた。

「かわいいなあ。きれいな子ですね」

「なにを当たり前のことを！　櫻座衛門は世界でいちばんかわいいんですから」

インコ男は自信満々に胸を張った。それは聞き捨てならない。

「いやいや……うちのニャー助だって、世界でいちばんかわいいですよ？」

「ニャー助というと……猫っすか？」

「そう。ほら」

携帯でニャー助の写真を見せると、インコ男は私から携帯をふんだくった。

「うおお！　かわいい」

「でしょ！」

「模様がほぼマスターじゃねえすか」

インコ男が、片倉さんとニャー助の写真を交互に見比べた。

「そうなのよ。でもニャー助がオリジナルだから。片倉さんは猫に憧れてるだけでファッションですからね」

「ぐうう、かわいい。かわいいけど世界一は櫻座衛門だな」

「いやニャー助でしょ」

終わりの見えない親バカ対決をしていると、片倉さんがふふふと笑った。

「おふた方とも大変愛くるしいですねえ。素敵なパートナーと出会って、ニャー助も櫻座衛門さんもお幸せそうです」

彼が小松菜を差し出すと、櫻座衛門さんはそろりと前屈みになってくちばしで菜を挟んだ。黄色いくちばしが小松菜をちぎって食む。誰が世界一だとか、櫻座衛門さん自身はまるで気にしていない。

「お久しぶりですね、櫻座衛門さん。たしか最後にお会いしたのは、一昨年の夏でしたか」

片倉さんが言うと、インコ男は櫻座衛門さんの代わりに前のめりになった。

「よく覚えてますね」

「そんなおかわいらしい方と、そのお連れ様を忘れられるわけがない」

人間の方が〝お連れ様〟なのか……コーヒーを含みながら口の中で呟いた。

「あのときは俺、まだ高校生だったっすね。櫻座衛門もまだ若鳥で、外出に慣れさせる途中だった。テラスがあって櫻座衛門を同伴できるから、この店でお世話になったんすよね」

「そうでしたねえ」

片倉さんがインコ男にココアを出した。

「そのときは、牡丹姫さんもご一緒で」

「牡丹姫？」

私がその名前を繰り返すと、インコ男がこちらを振り向いた。

「そう。ボタンインコの牡丹姫」

櫻座衛門さんまで、同じ動きで顔をこちらに向けた。首を横に傾け、じっと会話を聞いている。

「牡丹姫も、櫻座衛門と同じ課題研究で生まれたボタンインコっす。まっ青な翼のきれいなブルーボタン。立派なアイリングをお持ちの美インコっす」

インコ男がほう、と頬を赤らめた。

「櫻座衛門とも仲がよくて、よく一緒に羽繕いし合ってて、そりゃあもう美しいのなんの」

櫻座衛門さんの緑と赤に、牡丹姫さんの青。その鮮やかで美しい色彩を想像する。

「へえ。その、牡丹姫さんは今どちらに？」

「一緒に課題研究をやってた女の子が引き取ったんす」

インコ男がへらりと笑った。片倉さんがちらと顔をあげた。

「ああ、よく一緒にいらしてた方。その後どうですか」

インコ男は、一瞬言葉を詰まらせてから自嘲気味に言った。

「……ご覧のとおり、ひとりぼっちっすよ」

　それからがっくりとため息をついた。

「彼女と仲良くなりたいがために、一緒の課題研究にして近づいたのに……度胸がなくて告白できないまま卒業っす。本当は鳥なんかぜんぜん興味なかったくせにね」

　そんな経緯があったのか。

「俺は獣医を目指して、彼女はアニマルセラピーの勉強をして、それぞれちがう学校に進学したんす。もう接点なくなりました」

　インコ男は投げやりに言って、やけ酒を浴びるが如くココアをぐいっと飲んだ。

「あっつ!!」

「気をつけてください」

　片倉さんが氷水を出した。私は櫻座衛門さんと顔を見合わせた。

「それじゃ、櫻座衛門さんと牡丹姫さんもそれっきりなんですね」

「そうなんす……会いたいよなあ、櫻座衛門……」

　インコ男は櫻座衛門さんに指を近づけた。櫻座衛門さんが甘噛みする。なんとなく、寂しそうに見える。

「あー情けねえ。俺、いっつもそう。勢い任せで思い切った行動して、ここぞってときにびびってなにもできない」

　インコ男が額に手をついた。

「彼女と話を合わせるためにインコ好きなふりして、知識もつけたけど……結局得られたのは櫻座衛門だけ。マジな鳥好きになっただけで、最初の目的は達成できずっす」

「うーん、でもさ。結果的に今、櫻座衛門さんと一緒で幸せなんだよね？」

いきなり落ち込んだ彼を励ましてみる。インコ男はしきりに頷いた。

「そうっす。そうなんすけど。でもやっぱり後悔はあるっすよ」

まあ、そうよね。

インコ男は、深いため息でココアの湯気を揺らした。

「告白するタイミングはちょいちょいあったのに……もし振られて、この先の課題研究の授業が気まずくなったらやだなって。びびってた」

肩の上の櫻座衛門さんがインコ男の顔を覗き込んだ。インコ男はまた櫻座衛門さんに指を差し出し、くちばしの付け根を撫ではじめた。

「櫻座衛門と牡丹姫は、いつもぺったりくっついてたのに。俺もそんなふうになりたかったんすけどね」

櫻座衛門さんはインコ男を慰めるように寄り添っている。櫻座衛門さんも、羽繕いしてくれていた牡丹姫さんを失った。哀愁漂うコンビをしんみり眺めていると、インコ男はまた、へらっと口元を緩めた。

「なんてね。もういいんすよ、そもそも釣り合ってなかった。俺が一方的に好きだっただけなんで、やっぱり、変に気まずくならずに済んでよかったっすわ。諦めてたけど、後悔はしてるって感じ」

「ふむ……」

ずっと黙っていた片倉さんが、ふいに声を発した。

「あの女性の方、ここであなたと過ごされているとき、いつも楽しそうでいらっしゃいましたよ」

インコ男は手をひらひらさせた。

「そりゃ牡丹姫が一緒だからっす。彼女、インコにしか興味ないんで！」

櫻座衛門さんが首を傾げている。片倉さんも、首を傾げた。

「……さようですか」

「彼女がインコにしか興味ないから、俺も同じくらいインコ好きを装ってました。いや、今はマジですけど、その当時は、ふりだけ」

そんなふりをしていたから、余計に彼女に告白する機会を失いつづけたのだろう。近づきたくて鳥好きになったのに、それが理由で近づききれなかった。本末転倒である。

インコ男は突然声を荒らげた。

「あーもう！　あの人のことは思い出さないって決めたのに！　マスターが牡丹姫とか言うから」

「おや。失礼しました」

片倉さんは櫻座衛門さんが食べ飽きた小松菜を見下ろした。少しだけ翳られてインコ男の肩に落ちている。

「せっかく仲が良さそうだったのに、お気持ちを伝えずにお別れしてしまうなんて、もったいないなあ……と思ってしまいました」

「もったいない、か」

インコ男も、くちばしのあとが残った小松菜を見つめた。櫻座衛門さんが眠たそうに目を細めている。

ふいに、カランカランとベルの音が響いて、櫻座衛門さんの目がパッチリ開いた。

「いらっしゃいませ……あ」

入ってきた来客に、片倉さんが動きを止めた。

「ああ、ほかのお客さんが来ちゃった。俺、テラス席行くっす」

インコ男が小声で言って立ち上がり、新しいお客さんの方を振り向いた、そのときだった。彼も入店してきた女性客も、私も、絶句した。

インコ女だ。

扉の前に立っていたその女性客は、肩に青いインコを乗せていたのだ。櫻座衛門さんとお揃いの、フライトスーツを着たインコを。

「ボタンヒメ！」

真っ先にシャウトしたのは、櫻座衛門さんだった。あんまり上手なお喋りではなかったが、私の耳にはきちんとそう聞こえた。

「嘘……」

櫻座衛門さんの次に掠れた声を出したのは、女性客、インコ女。

「ボタンヒメ！　ボタンヒメ！」

「ちょ、ちょっと櫻座衛門、耳元で叫ばないで」

インコ男が櫻座衛門さんを制する。声は櫻座衛門さんに向けているが、目線はしっかりインコ女を捉えている。

インコを肩に乗せたインコ女は、インコ男とちょうど同じくらいの歳の頃である。肩までのショートカットがよく似合う可憐な女性だ。

この反応、その歳頃、櫻座衛門さんが呼ぶ牡丹姫という名前。なによりインコを肩に乗せているという特異な共通点。

初対面の私でも、まちがいないとわかった。

「嘘、嘘。なんであんたがいるの⁉　久しぶり」

インコ女は小走りに近寄ってきた。

「あ、うん……久しぶり」

インコ男がたじろぎながら返す。インコ女は櫻座衛門さんに指を出した。

「久しぶりね、櫻座衛門。元気にしてた？」

「うん、元気。牡丹姫は」

「元気だよ」

答えるインコ女の腕を伝って、牡丹姫さんがインコ男の方に近づいた。白いアイリングに包まれたまっ黒なまなざしが、櫻座衛門さんを見つめる。

「ほら牡丹姫、櫻座衛門に挨拶して」

インコ女がインコ男の肩に牡丹姫さんを乗せた。フライトスーツのリードを引きずりながら、牡丹姫さんは櫻座衛門さんに寄り添った。キャキャ、と小さく鳴いて、櫻座衛門さんが牡丹姫さんの頭の羽根をくちばしで梳(と)きはじめる。

櫻座衛門さんの緑と赤、牡丹姫さんの淡い青。ふたりから愛情をたっぷり注がれた二羽の、鮮やかな色が重なる。目を奪われるような美しさだ。

「お前、東京の大学じゃなかったっけ。どうしてこの町に？」

インコ男が目をぱちぱちさせると、インコ女はふわりと笑った。

「正月帰省。べつに普通でしょ？」

「あ、そっか。普通だ。俺も正月帰省」

「あはは、普通だね」

インコ女が微笑む。

「今日は寒いから……テラス席じゃなくてもいいって」

インコ男がたどたどしく言うと、インコ女はちらと片倉さんを見た。

「いいの？」

「特別ですよ」

片倉さんの返答に、インコ男は、ほらね、と笑いかけて椅子を引いた。インコ女が腰を下ろそうとして、彼にも早く座るよう促した。リードで繋がれた牡丹姫さんが彼の肩に止まっているのだ。同時に動かないと牡丹姫さんを転ばせてしまう。

インコ女は片倉さんにココアを注文して、互いに羽繕いする二羽のインコに目をやった。

「びっくりした。まさか会うと思わなかったよ」

「だな」

「嬉しいな」

「うん、俺も」

インコ男は緊張しているのか、先程より口数がぐっと減った。インコ女は静かになったインコ男を一瞥して、少し言いにくそうにぼやいた。

「でもね、じつはこの喫茶店に来たら会えたりしてって、ちょっと思ったんだ」

「へ？」

インコ男が顔をあげる。インコ女は目を逸らした。

「なんちゃってね。それにしても、櫻座衛門連れて散歩してるなんて、あんたって本当にインコ好きだね」

「お前も人のこと言えないだろ」

「うん、好き。とくに牡丹姫は、特別な子だから」

インコ女が言葉を切る。店内に沈黙が流れる。ときどき、インコ同士のキキ、という小さな囁きが聞こえるだけ。

「……あのさ」

インコ女が沈黙を破った。

「あんたって高校生のときから本当インコ好きで、インコのことしか考えてなかったよね」

「え⁉」

インコ男が叫んだ。二羽のインコが驚いて、その体がびくっと細くなった。

「そんなふうに思ってたのかよ？」

「え？　だってそうでしょ」

「あ、うん。まあ」

インコ男は戸惑いながら頷いた。インコ女が苦笑する。

「私、あんたと仲良くなりたくて、インコがテーマの同じ課題研究選んだんだから」

私と片倉さんは顔を見合わせた。このインコユニット、鳥にしか興味がないと、お互いに思い込んでいたのか。

「あんたがそんなにインコ好きで、インコのことしか頭にないと思ったから……言えなかったことがあるんだけど」

インコ女の大きな瞳がインコ男を捉える。男は慌てた。

「ちょ、ちょっと待って！」

「なによ」

「待って、言わないで！　俺から言わせて」

インコ男が叫ぶ。櫻座衛門みたいに顔がまっ赤だ。インコ女は目を丸くして、スッと目線を逸らした。

「……なによ」

「その、さ」

インコ男がなにか言いかけて、ハッとこちらを振り向いた。

「あー……えっと」

もにょもにょと濁したインコ男に、片倉さんが救いの手を差し伸べた。

「テラスへご移動なさいますか？」

「はい……」

「かしこまりました」

気持ちよさそうに羽繕いしあうインコたちをかばいながら、ふたりはゆっくりと席を立った。ふたりの後ろ姿がそっと歩を進めて、店を出ていく。ぱたんと扉が閉まる。片倉さんがお盆にふたつのココアと小松菜をのせた。

「これでもったいなくないですね」

私はコーヒーを啜り、閉まった扉を一瞥した。

「まだまだ捨てたもんじゃない」

「そうですねえ」

　片倉さんが上機嫌に語尾をあげ、お盆を持って外へ出た。取り残された私は、ガラス窓から見えるテラス席を眺めた。インコ男の肩には、まだ二羽のインコが寄り添っている。会いたかった。そう伝え合うかのように、互いに頭を擦り寄せて。

　片倉さんがココアと小松菜を置いて戻ってきた。かぶり物のせいで表情は見えないが、ご機嫌なのはよくわかる。

「ラブバードって、呼ばれてるそうです」

　片倉さんはカウンターに入って、暇そうにカップを拭きはじめた。

「コザクラやボタンは、鳥同士でも人間に対してもとっても愛情深いそうです。だから、ラブバード」

「へえ……なんだか微笑ましいですね」

　思わず笑みがあふれる。すりすり寄り添う櫻座衛門さんと牡丹姫さんは、まさにラブバードという呼称にぴったりだ。テラスに座るふたりの表情は窺えない。ミーハーっぽいので、あまり見ないようにした。

　愛の鳥が繋いだ愛の奇跡というわけか。我ながら気持ち悪い文句が頭に浮かんで、声に出す前にコーヒーで流し込んだ。代わりに、くすっと笑う。

「年明け早々、強烈な人たちが来ましたね。今年になって最初に見たお客さんがあの人たちなんだもの、なんか癖のある年になりそう」

　片倉さんは小さく頷いた。

「そうですねえ。ちなみに、今年最初に来られたお客様はマタタビさんですよ」

「え、そうなの？」

私より先に来た人はいなかったのか。そういえば、この町に戻ってすぐに訪ねてしまった。

「恥ずかしいなあ。片倉さんに会いたくてたまらない人みたい」

会いたくてたまらなかったか、と問われるとそんなに考えていたわけではないけれど、この町に着いたら無意識のうちに真っ先に向かっていた。無意識に訪ねてしまうほど、片倉さんの温厚な性格に甘えていた自分に気がつく。危険だ。

そんな私の心情を知ってか知らずか、片倉さんは緩やかな口調で言った。

「おかえりなさい、マタタビさん」

「やめてください」

そんなことを言われてしまったら、いよいよ依存してしまう。コーヒーのカップで口元を隠して目を逸らした。

片倉さんがカウンターから出てきた。スッと歩んできて、私のすぐ隣に立った。

「な……なんですか。どうしました？」

椅子の上で身じろぎする。片倉さんが屈んだ。猫頭が私の胸元ほどの高さまで下がってくる。なにをするつもりなのかと見守っていると、彼は床に手を伸ばして、なにかを拾った。

「ふふ。縁起がいいですねえ」

片倉さんがまた、むくりと体を起こした。その指は鮮やかな緑色の羽根を摘んでいる。

「あ、それ櫻座衛門さんの……」

「風切り羽根ですね。じつに美しい」

無邪気に喜んでいる片倉さんに、私は乾いた笑いを返した。

「ラブバード櫻座衛門さんの羽根ですか。恋愛運のご利益がありそうですね」

「ふふ。はい、マタタビさん」

片倉さんは手に持った風切り羽根を私に差し出してきた。

「差し上げます」

「えっ」

羽根と片倉さんの猫頭を交互に見比べて、私は手を横に振った。

「いいですよ。私、恋愛には興味ないし……」

「ご不要ですか。まあ、ゴミといえばゴミですよね」

片倉さんが羽根を蛍光灯に透かした。

「なんとなく、持ってるといいことありそうな気がするのに」

あ、なんか。もらっとかないと、もったいないかも。

「やっぱり、ほしいです」

片倉さんに向かって手を伸ばした。彼は満足げに羽根を私の手の中に置いた。

「よかった。あなたには笑顔でいてほしいから」

不覚にも、どきっとした。のに。

「なんてクッサイ台詞言ったら、マタタビさん怒りそうですねえ。殴られる前に逃げよう」

片倉さんはいそいそとカウンターの向こうに逃げ帰った。今の一瞬の胸の高鳴りを返してほしい。

「殴りはしませんよ！」

悔しかったけれど、せっかくなので羽根はもらっておいた。

Episode 9・猫男、化ける。

私に彼氏が十一年もいないことが、真智花ちゃんにばれた。

真智花ちゃんが入社してから半年以上が過ぎ、彼女は最初の頃以上の小悪魔ぶりを発揮するようになっていた。つい先日も、仮にも先輩である私に「賞味期限切れ」と言い放ち、憐みの目で笑ったのだ。賞味期限が過ぎていることを自覚していた私はぐっさり傷ついて、肩を落として喫茶店に向かっていた。

やっぱり急がなきゃだめなの？　どんな人と一緒になればいいの？

不安になってインターネットで検索してみたら、いい男の条件は年収と学歴とルックスの三拍子が揃っていることなんだそうだ。それさえあれば、〝好き〟はあとからついてきて、〝好き〟が終わっても情で付き合っていけるとのことらしい。

「……好き、ってなんだっけ」

私は冷たい冬の夕空に向かって呟いた。

一緒にいると安心する、それだけではだめなのだろうか。そんなことを考えはじめると、決まって脳裏をよぎる猫男が余計に私を混乱させた。

やはり私に恋愛や結婚は難しい。喫茶店に辿り着き、自転車を止めた。扉を開けると、片倉さんの声がした。

「いらっしゃいませマタタビさん。いいところに」

心身の疲れがだらっと抜けるような、間抜けな猫頭がこちらを向く。

「時にマタタビさん。稲荷寿司はお好きですか？」

喫茶店で聞かれるとは思いもしなかった質問だった。カウンターの向こうでコチャコチャと作業している片倉さんのその手元は見えない。

「稲荷寿司？」

「そう。お稲荷さんのことです」

かわいい言い方に直されたところでやはりよくわからない。私は定位置のカウンター席に腰を下ろした。

「好きですけど……そういえば、ほんのり酢飯の香りがしますね」

「わかりますか……」

片倉さんは切なげに言って、カウンターの向こうからゴト、と皿を持ちあげた。その上には、稲荷寿司がふたつ鎮座している。

「えーっと、なんで稲荷寿司？　もしかして今日から狐男喫茶ですか？」

かぶり物は今日も猫だけれど。

すると、カウンターの向こうからぴょこんと、女の子が顔を出した。

「聞いてよ、マタタビのお姉さん！　ゆず兄ったらすっごくおバカなんだよ！」

こちらに覗かせた小さな頭を見て、私はぎょっと目を剝いた。

「わあ！　果鈴ちゃん、いたの!?」

果鈴ちゃんは、片倉さんの姪っ子である。ちょっと生意気ではあるが、人懐っこくてかわいい小学三年生の女の子だ。時折こうして、喫茶店に遊びに来ている。

「ゆず兄ね、お豆腐を使ったヘルシーな新スイーツを考案しようとしたんだって。それで、スライスして油で揚げてみたらじつに見慣れた油揚げになっちゃったんだよ」

果鈴ちゃんに呆れ顔をされ、片倉さんはかぶり物の中で咳払いした。

「いやはや嘆かわしい。揚げたお豆腐がイコール油揚げであるという事実は、知っていたはずなのに」

残念そうにため息をつく。手元はなにか作業を続けているようだが、おそらく生成してしまったお揚げに酢飯を詰めていると思われる。

「かわいいなあ片倉さん。天然？」

「やめてください……かわいくありません。年齢的なボケだと思われます」

「そんな歳じゃないですよね!?」

年齢不詳ではあるが、少なくともそこまで頭が緩んではいないはずだ。果鈴ちゃんが続ける。

「でね。油揚げができちゃった以上、なにかつくらねばと思って、酢飯を詰めて稲荷寿司をつくってるんだって」

「マタタビさんも、もしよろしければ消費していただけませんか」

片倉さんが稲荷寿司を掲げて首を傾げた。私は彼の手から皿を受け取った。

「やったー。いただきます」

「よかった。もちろんサービスですので、いくらでもお申しつけください」

「いったい何個つくっちゃったんですか」

ちらと背後を確認すると、テーブル席に座るサラリーマンが無表情で稲荷寿司をつついていた。彼もまた片倉さんから配られたのだろう。

稲荷寿司が私の前に置かれると、片倉さんは箸を用意してくれた。稲荷寿司はこんがりときれいな狐色で、照明の光を受けてうるうるしていた。

「失敗作とは思えない……職人技ですね」

「ふふ。偶然の産物です」

箸を入れて割ってみると、中の酢飯がきらきらと煌めいた。しかも、ただの酢飯ではなく、レンコンやひじきが混ぜ込んである。やはり失敗作にはとても見えない。ただ、喫茶店という背景にはとてつもなく場ちがいだ。

口に運んでみると、ふわふわの油揚げが柔らかくて、それに包まれた酢飯の香りがふわりと広がる。

「おいしい！　商品化できる！」

「よかった。自分で言うのもなんですが、これに関しては事のほかおいしくできたなと自負していたので……あなたにそう言っていただけると、すごく嬉しい」

かぶり物のせいで見えないけれど、きっと微笑んでいるのだろう。

「でも商品化は難しいですね。喫茶店に稲荷寿司の気分で入ってくる人は、あまりいそうにない」

片倉さんが苦笑した。それは否定できない。

カラン。ドアベルの音がして、私と片倉さんは扉の方に視線を向けた。

「ごめんください」

入ってきたのは、小学校高学年くらいと思われる女の子だった。扉から覗き込んだと同時に黒いポニーテールがぴょこんと揺れた。マフラーに埋まった顔は外の寒さに当てられたらしく、ほんのり赤らんでいた。

私たちと目が合うと、女の子はぴたりと固まった。

「え⁉」

一瞬、なにをそんなに驚いたのかと思ったが、片倉さんの異様な外見を思えば当然のリアクションだった。最近、片倉さんのかぶり物に目が慣れてしまって当たり前になっていたが、初めて見ればその反応は当然である。

「いらっしゃいませ」

片倉さんがまったく動じずいつもどおり迎えると、女の子は叫んだ。

「うわっ！　喋った」

逃げるかと思いきや、足早に歩み寄ってきてカウンターに飛びつき、片倉さんを見上げた。

「ねえ、お兄さんってもしかして猫又⁉」

「ん⁉」

妖怪の名前が飛び出して、私も片倉さんも果鈴ちゃんも驚きを隠せなかった。片倉さんの出で立ちに驚くまではわかるが、こういう生き物だと解釈するとは、なかなか新しい。

果鈴ちゃんが目をぱちぱちさせる。

「なに言ってるの、妖怪なんているわけ……」

しかし、ポニーテールの女の子はそんな声が聞こえていないのか、私の真横で大きな目を丸くした。

「いや、この人、尻尾がない。ほかの種類の化猫？　ううん、獣人か、いやもっとほかのなにか……新種……？　あ、そうだ。おばあちゃんに聞いてみるから、写真撮ってもいい？」

わたわたと肩掛け鞄から携帯を取り出す。狐の尻尾のようなストラップがふわりと揺れた。私はこの慌ただしい少女を見ながら、この子はどうやら大の妖怪好きらしいと感じ取った。

写真をせがまれた片倉さんがどう出るかと見守ってみる。

「すみません、写真撮影はご遠慮ください」

片倉さんは冷静に女の子を制した。かのように見えたが、それは前置きだけだった。

「わたくしたち妖怪は写真には残せません。時間が経つにつれて写真から消えてしまいます。しかしよく僕の正体を見破りましたね……そう、僕は妖怪猫男」

……なんと、ノリノリで演じはじめたではないか。

「人間界に交じって三百年。誰にも気づかれずにここまでやってきたというのに。お嬢さん、あなたは余程勘がよろしいようだ」

「ええー！　猫男っていうの!?　初めて聞いた、そんなのいるんだ！」

盛り上がる女の子と片倉さんに、果鈴ちゃんが困惑する。

「ちょ、ちょっとゆず兄……おバカすぎだよ」

女の子はしばらく食らいつくように片倉さんを観察していたが、やがて、おとなしく椅子に腰を下ろした。

「なんだ、よく見たらかぶり物かあ。そりゃそうだよね、私だって春から中学生だし、少しは現実をわかってるよ」

「すみません、妖怪さんじゃなくて。こんなナリをしていますが、僕は普通の人間です」

片倉さんはまた油揚げに酢飯を詰めはじめた。女の子は、だよね、と笑った。

「気を遣わせちゃってごめんなさい。私、妖怪が大好きで、つい」

「妖怪はすばらしいですね。知的好奇心と日本人の和の心をくすぐられます」

片倉さんが同意する。

「昔の人が、自ら恐怖刺激や戒めを得るために想像し創造する。古い時代から各地で発祥し伝えられ、歴史を超えて今もなお語り継がれる。非常に興味深い」

「そうだよね。皆もっと妖怪に詳しくなるべきだよね」

目をきらきらさせる彼女に、果鈴ちゃんはまだ困惑のまなざしを向けていた。

「歴史とか文化とかっていうのはわかるけど……妖怪なんて実際はいるはずないよ」

しかしお客さんの少女も負けていない。

「そんなことないもん。絶対いるよ」

「いないよ！」

「こらこら、喧嘩しないの」

私はカウンター越しの論争にストップをかけた。残りの稲荷寿司を口に運ぶと、女の子がこちらを振り向いた。

「あ、お姉さんいいの食べてる」

「本日限定メニューだよ。その妖怪マスターが奢ってくれるの」

「いいなあ。私もそれ食べたい！」

なんと。喫茶店に入っておきながらすすんで稲荷寿司を食べたがる客がいたではないか。

これには私と片倉さんも顔を見合わせた。

「どうぞどうぞ、いくらでも」

「やった！　じゃあ、飲み物はホットレモネード頼んじゃお」

女の子が大袈裟に手を振りあげた。稲荷寿司とレモネード。思い切った組み合わせだ。

「えっ、レモネードとお稲荷さん？　合うの？」

果鈴ちゃんがまた口を挟む。女の子はむっとして果鈴ちゃんの方に目線を投げた。

「そういう君こそ、お稲荷さんとコーヒー牛乳じゃん！　そっちの方が合わないよ」

「果鈴は、ここに来たらコーヒー牛乳って決めてるから」

おませな果鈴ちゃんとちょっと夢見がちな少女は、お互いいまいち相容れない。私と真智花ちゃんの関係とは異なるタイプの反発である。

片倉さんが稲荷寿司を差し出すと、女の子は上機嫌でつつきはじめた。

「おいしい」

「でしょ、ゆず兄の料理はおいしいんだから」

果鈴ちゃんが胸を張る。客の女の子はえへへと笑った。

「ほんと。おいしいね」

おいしいものの介在で対立が和らぐのだから、小さい子のやりとりは微笑ましい。

「レモネードです」

片倉さんがレモネードを女の子の前に置いた。甘酸っぱい泡が煌めく。

「ありがとう」

女の子がひと口それを飲んで、はあと息とついた。

「甘くて酸っぱくてさっぱり」

「ありがとうございます。このレモネードは産地直送のこだわりレモンにレンゲの蜂蜜をたっぷり加えた特製レモネードなんです」

片倉さんが満足気に語る。

「なんかおいしそう。片倉さん、私もレモネードください」

思わずつられた。女の子の表情が豊かなせいか、彼女が口にしているものがおいしそうに見えてならない。

片倉さんが私にもレモネードを持ってきてくれた。口をつけると、懐かしくて甘酸っぱい味が口の中に流れ込んできた。

「レモレモネード、きゅんっと甘酸っぱい初恋の味」

隣から歌声が聞こえた。女の子がレモネードのCMソングを口ずさんでいる。たどたどしくて調子外れな歌声だ。CMソングをぴたりとやめて、女の子は私の方を向いた。

「初恋ってこういう味なの？」

「うーん……人によるのかな」

自分の初恋はいつだっただろう。そういえば、この女の子くらいの歳の頃だったかもしれない。たしかクラスメイトの人気者の男の子相手に淡い恋心を抱いたような、そんな忘れたい過去があったような気がする。

「その当時はレモネード味だったかもしれないなあ」

懐かしいことを思い出して自嘲気味に笑う。女の子は首を傾げて、またレモネードのカップに口をつけた。

果鈴ちゃんがカウンターの向こうから女の子の横顔を眺める。

「君、初恋まだなの？」

「うん……たぶん」

女の子は戸惑いながら頷いた。ませている果鈴ちゃんはふふんと大人ぶった。

「ひたすら甘いだけじゃなくて、ちょっと酸味があって爽やかなんだよ。だからレモネードは初恋の味に似てるの」

偉そうに語っているが、果鈴ちゃんにはまだ恋らしい恋はしてなかった気がする。クラスの男の子たちからかわいがられてはいるようだが、それはあくまでおませさん同士の恋愛ごっこである。

「青春ですねえ」

片倉さんが呟いた。私はちらと彼を見上げた。

「ちなみに片倉さんの初恋は？」

自分に振られると思っていなかったらしい片倉さんは、一瞬凍りついた。

「忘れました。いやしかし、初恋というものはどうしてこうも叶わないのか。センチメンタルで、切なく美しぃ」

片倉さんがごまかしついでにわけのわからないことを言いはじめた。女の子はさらに不思議そうな顔をした。

「やっぱり初恋って、叶わないの？」

「百パーセントとは言いきれないけど、なぜか実らないことが多い気がするね」

私が答えると、女の子は大きな目をぱちぱちさせた。

「難しいんだね」

女の子の箸がにゅっと稲荷寿司に伸びた。

「そもそも恋ってなんだろう。私、よくわかんないんだよね」

先程と変わらない、無邪気な瞳のまま淡々と女の子が語る。果鈴ちゃんより年上なのに、そういう子もいるのか。果鈴ちゃんも驚いたらしく、カウンターに頬杖をついて尋ねた。

「クラスに好きな子とかいないの？」

「いないよ」

「気になる人とかもいない？」

やりとりがちょっと真智花ちゃんと私に似ている。でも、果鈴ちゃんの尋ね方は真智花ちゃんのような一方的な押し付けがなく、聞かれている女の子も真剣に首を捻っている。

「気になる……えーと、クラスの人じゃないけど、よそで会った奴に、すごく面白いのならいたよ」

箸に摘まれた稲荷寿司の形がふにゃりと歪む。

「でも、もう会えなくなっちゃっていまだに気持ちの整理がついてないんだよね。どうにもならないんだけど、どうしたらいいんだろうって」

ぶち、と箸の間で稲荷寿司が割れた。ぽろぽろと酢飯が皿に零れた。

「もしかしたら、それが初恋だったんじゃない？」

果鈴ちゃんが言うと、女の子は顔を顰(しか)めた。

「わかんない。でも、会えたらなあっていつも考えてる」

この快活な少女の中に、どうやら繊細なものが渦巻いているらしい。この小さな体に、どんなものを抱えているのだろう。きっとそれは、私が知っているようでいて想像もつかないようなものなのだ。

「切なかったのか悲しかったのか、一緒にいられて嬉しかったのかよくわからない。全部なのかもしれない」

女の子の瞳に憂いはない。自分でなにがあったのかは頭では理解しているものの、気持ちがまだ追いついていないい、そんな瞳に見えた。

「今はこんな気持ちなのに、この先、私はほかの人と恋をしたり結婚したりするのかな。こんな気持ちもいつかすっかり忘れて、そんな人生になっていくのかな」

黒い瞳にレモネードの光が反射してきらきら潤む。

「一緒に過ごした思い出も、こんなに大好きだったことも、全部忘れて幸せになっちゃうのかな」

ぽそりと儚げに零して、女の子はまたコロッと明るく笑った。

「変なこと考えてるでしょ。病気なのかな」

そして、今度はその声を微かに震わせた。

「苦しいもん、心臓のへんが」

女の子はまたへへ、と笑ってごまかすかのように稲荷寿司を口に詰め込んだ。頰袋に食べ物を溜めたリスみたいに頬を膨らませている。私は果鈴ちゃんの方を一瞥した。先程まで先輩風を吹かせていた彼女だったが、今は神妙な面持ちで女の子の言葉に耳を傾けていた。ふいに、片倉さんが呟く。

「それ、たぶん病気ですね」

見るとどうもまだ油揚げに酢飯を入れているようだ。いったい何個つくるのだろう。女の子が顔をあげた。

「やっぱり病気？」

「ええ、しかし薬で治る病気じゃありませんし、あえて治さない人も稀にいる病気ですねえ」

意味深に言って、かぶり物の中からくすくすと怪しい笑い声を洩らした。

女の子は不安げに眉間に皺を寄せた。

「困ったなあ。薬で治らないのか……それじゃあ、ずっと苦しいままなのかな。心臓がきゅーって苦しくなって、死んじゃいそうだよ」

「治したいですか？」

「治したい。苦しいもん」

女の子がレモネードのカップを両手でぎゅっと握った。

「でも、でも」

その眼差しは真剣で、呼吸は少しだけ乱れていた。

「治っちゃったら、それってもう、その人のことどうでもよくなっちゃうってこと？」

忘れられたら楽なのに。そんな陳腐な言葉が脳裏をよぎる。

忘れられたら苦しくはなくなる。でも、忘れてしまうのは怖い。

「忘れて幸せになるのが怖いよ。どうしよう」

カタカタと、女の子の手がわずかに震えている。私は箸で稲荷寿司を摘んで、ひと口齧った。

「幸せになったらいけないの？」

「えっと……」

女の子が私を振り向く。あどけなく首を傾げて、必死に考えている。

「わかんない……」

「私は部外者だけど、なんとなくわかるのはね」

稲荷寿司がつやつやの米を煌めかせる。それは遠くに忘れて置いてきた、懐かしい思い出のよう。

「あなたがそれだけ好きな人が、あなたの幸せを望んでないわけがないってこと」

終わったことと言ってはいるけれど、悪い思い出があったような気配はない。

「まだ小さい君がこんなに好きになった人がいて、こんなに大切にしてるなら、それはすごく誇らしいことなんだと思うよ。とらわれてるのも悪くない。でも、悲観するのはちがうと思うの」

女の子のまっすぐな瞳が私を映す。あどけない目をした少女は、黙って聞いていた。

「誰だってね、大事な人には笑顔でいてほしいんだよ」

彼女の瞳に、レモネードがきらきら反射する。ずっと黙っていた女の子は、ゆっくり声を出した。

「うん、そっか」

そして少女は目を細めた。

「そういやそんなこと言われた気がするよ。泣くとブサイクだからやめろって」

私たちのやりとりを黙って眺めていた片倉さんが、またひとつ稲荷寿司を生産した。

「きっと一生お忘れにならないことでしょう。あなたも、あなたの大切な人も」

「そうかなあ」

女の子ははにかみ笑いを浮かべてごまかすようにレモネードに口をつけた。

きっと忘れないだろう。心の中に残したままで、また新しい出会いを繰り返して、彼女も大人になっていくのだろう。

食事を終えると、女の子は椅子から降りてぺこんとお辞儀した。

「ごちそうさま。とってもおいしいお稲荷さんでした」

ポニーテールがぴょんっとはねる。

「よかった。ぜひまたいらしてください」

「うん。そのときは、お稲荷さんをメニューに入れといてね」

冗談ぽく言って、彼女は会計を終えると、ポニーテールを左右に揺らしながら店を出ようとした。少女が扉を開け、体を半分外に出したその瞬間。

「いやはや危ないところでした」

片倉さんが大袈裟にため息をついた。

「かぶり物に見えるように暗示をかけたら見事騙されてくれましたね。僕のことを人間と思い込んでいる様子です。危うく正体がばれるところでしたが、なんとか乗り切りました」

わざわざ大きめの声で私に話しかける。女の子の背中が固まった。果鈴ちゃんまで目を剝いた。

「よかったですね、妖怪猫男だとばれていたら大変でした。かなりギリギリだったじゃないですか」

私はとりあえず、乗っかってあげた。片倉さんはふふふと怪しく笑う。

「僕が猫男だとばれたら、あなたが都市伝説のＯＬ『マタタビさん』だということまで気づかれかねません」

女の子が振り向いた。目を白黒させている。果鈴ちゃんも、顔を青くして私と片倉さんを交互に眺めていた。

「おや……聞かれてしまったようですねえ」

片倉さんはわざとらしく言って、人差し指をかぶり物の口元に当てた。

「秘密ですよ」

「わ、わかった」

女の子は目を輝かせながらこくこく頷いて、ゆっくりと扉を閉めた。ドアベルの音が彼女を見送る。

少女が去ると、喫茶店はまたいつもの静けさを取り戻した。私は残りのレモネードを口に含んだ。甘くて酸っぱくて、温かい。

「初々しいですねえ」

片倉さんが酢飯を詰めながら言う。

「初恋はなぜか叶わないことが多い。でも初めて人を好きになったときのことって、忘れられないですよね」

「矛盾してません？　片倉さん、初恋なんて忘れましたとか言ってたじゃないですか」

「言いましたっけ？」

「言いましたよ」

くすくすと笑い合う。

なんだか最近、将来の不安ゆえに、慌てて結婚だとかそんなことばかり意識していた。初恋なんて甘酸っぱいフレーズを聞いたのは、すごく久しぶりな気がする。私にとってはもう過去のことだから気にかける必要はないのかもしれないが、そんな初心を取り戻すとまた景色がちがって見えてくる。忘れかけていた〝好き〟の価値観が、再びよみがえってきた気がした。

果鈴ちゃんが不思議そうに私たちを見比べ、それから閉まった扉に目を向けた。

「さっきの子、初恋はまだしたことないって言ってたけど……本当かなあ」

果鈴ちゃんは果鈴ちゃんなりに、思うことがあったようだ。片倉さんが意地悪げに果鈴ちゃんの頭をぽんぽん撫でた。

「どうでしょうねえ。でもきっと、果鈴よりはいい経験してるんだろうね」

「そんなことないもん。果鈴の方がずっと大人だよ。果鈴は妖怪なんて信じてないもん」

果鈴ちゃんは頑なに大人ぶった。片倉さんが手をスッと自身のかぶり物に寄せた。

「おや。妖怪はいるんだけどなあ。ね、マタタビさん」

「なんかだんだん、片倉さんが本当に妖怪に見えてきました。かぶり物取って、人間だと証明してくださいよ」

いい機会だからお願いしてみたが、片倉さんは不敵な低い笑い声を出して拒んだ。

「曖昧な方が楽しいこともあるんです。たとえば正体不明の妖怪みたいな、怪奇なものとか……ですね」

やはりこの人は、本当に妖怪猫男かもしれない。

Episode10・猫男、我慢する。

「やっぱあ、女子なら美容はいつも気にかけますよね。今ちょっと太り気味で、ダイエット始めようかと思ってるんです」

午後の休憩のひととき、真智花ちゃんがそう言ったのが、私が自席でシュークリームを食べようとした直前だったのはわざとだろうか。

「真智花ちゃんは太ってないと思うけど……」

口に入れる一歩手前だったシュークリームを持つ手を止めて、隣の後輩に目をやる。真智花ちゃんは潤んだ瞳で私を上目遣いに見た。

「見た目でわかんなくても、自分では一キロでも太ったら気になるじゃないですかあ」

「そう？　私はあんまり気にしないけど……」

「有浦さんはスタイルいいから、日頃から気にしなくても大丈夫なんですねえ。羨ましいですぅ」

そう言っている真智花ちゃんだって、決して気にするほどではない。

「私、背が小っちゃいから、太るとすぐばれちゃうんですぅ」

なんだろうか。やはり真智花ちゃんと話すと、高確率でモヤモヤが残される。

喫茶店に向かう道のりで、私は真智花ちゃんの言葉を思い出していた。

あれはやはり、体重をあまり気にせずシュークリームを食べようとしていた私への当てつけと受け取っていいのだろうか。自虐のような発言は、小柄でかわいいスタイルの自慢だったのだろうか。暗に私に「太りましたね」というメッセージを送っていたのだろうか。

深読みしすぎかもしれない。でもちょっと不安になる。最近は喫茶店で甘めのコーヒーを飲むのがブームだったし、ケーキをいろいろ試したりもした。太ったかもしれない。

それでも喫茶店通いをやめない私は、今日も『猫の木』の扉を叩く。

「いらっしゃいませ」

ベルの音に反応した声が飛んでくる。片倉さんは、カウンターの奥に椅子を置いて、じっと窓の外を眺めていた。

ファンシーなかぶり物のくせに、窓の桟に肘を乗せて外を眺めている姿が妙にセンチメンタルな空気を醸し出している。かぶり物で顔は見えないのに、仕草が普通すぎて中の人が見えているような気分になる。

彼の縞模様の後ろ頭を眺めながら、席に座った。

「どうしたんですか片倉さん。しんみりしちゃって」

聞くと、彼は窓からくるりとこちらに視線を向けた。

「失礼。少し考え事をしていました」

「なにか思い悩んでるんですか」

珍しい。人の悩みを聞いてばかりの片倉さんだが、自分が悩んでいる素振りを見せたのは初めてだった。心配したのと、少しの好奇心でつついてみる。

「私でよければ聞きますよ？」

「ありがとうございます。でもたいしたことじゃないので、お気になさらず」

軽い会釈で躱された。

「抱え込まないでくださいね？」

念を押すと、片倉さんはふむ、と唸った。

「そうか……もしかしたら、マタタビさんなら」

「お役に立てますか」

「ああ、でも……」

片倉さんはまた窓の外を眺めはじめた。

お役に立てないようだ。窓に映る猫フェイスをちらちら確認しながらメニューを選ぶ。

温かいミルクティーとパスタと、食後にチョコレートケーキにしようと、片倉さんに注文しようとした。が、ふいに真智花ちゃんとの会話を思い出して口をつぐんだ。気にしすぎかもしれないが、やはりどうしても頭の中をちらついてくる。

カウンターに飾られた猫の置物に目をやる。片倉さんが正月に買ってきた謎のお土産である。どこを見ているのかわからない、吸い込まれそうなブルーの瞳の置物だ。その隣にはニャー助似の置物が並んでいる。これは私が過去にプレゼントしたものだ。大事に店に飾ってくれている。

ふたつの置物をぼんやり眺めていると、静かな店内にドアベルの音が響いた。

「マスター！　お久しぶりです」

入ってきたのは近所の高校の制服を纏った女の子だった。見覚えがあると思ったら、眠り姫だ。ラテアートの修行に来たりしていた、あの少女。

「いらっしゃいませ」

片倉さんが椅子から立ち上がった。彼と向かい合うなり、眠り姫は不敵に笑った。

「ふふ。いよいよ五日後に迫りましたね。期待してますよ」

「……ええ、そうですね」

片倉さんが、かぶり物をしているくせに下を向いて目を逸らしていた。

五日後。なにかイベントがあるのだろうか。

眠り姫はカウンター席に腰かけ、メニューからカフェオレを注文した。片倉さんの返事は落ち着いた声だったけれど、気持ちぎこちなく感じる。

「ずっと前から楽しみにしてたんです、今年の猫ちゃんウィーク」

眠り姫が片倉さんに話しかける。

「ねえ。マスターは絶対期待を裏切らないですもんね！」

「もちろんです……」

片倉さんがやや掠れた声で応じた。眠り姫がにんまりする。

「去年を上回りますよね。まさか、復刻なんてつまんないことしないで新作ですよね」

「そのつもりです……」

なんだなんだ。話が見えない。

盛り上がる女子高生、思い悩む片倉さん。話は見えないが、このふたつから推理するに、だいたいの見当が付いてきた。

「猫ちゃんウィークって？」

直球で聞いてみたら、眠り姫は答えてくれた。

「ニャーニャーニャーの日にちなんで、二月二十二日からの一週間が猫ちゃんウィークです！」

「名づけたのはこの辺の学生さんたちです」

片倉さんが補足する。

「なにか特別なことするんですか？」

「ええ、期間中だけの限定メニューを出すんです。三年前に気まぐれで始めたのが、思いのほか学生さんを中心にウケていまして」

なかなか面白い企画ではないか。

「去年もやってたんですけど、細々とやったのでマタタビさんは気づかなかったのかもしれませんね」

片倉さんの言葉を受けて、昨年のこの時期のことを思い出す。そういえば、一時的にメニューに入っていたのに三月に入ったらなくなってしまったケーキがあった。

「三毛猫のケーキ、ありましたね！」

すると眠り姫が同調した。

「そうそう！　おいしかったですよね」

「そっか、ああいうの今年もあるんですね。私も楽しみにしてます！」

期待のまなざしを向けると、片倉さんが咳払いした。

「ええ、任せてください」

「よろしくお願いしますね、マスター！」

眠り姫はカフェオレを飲み干し、軽い足取りで店を出ていった。

ドアベルの音が静まるのと同時に、片倉さんがため息を洩らした。

「あれなんです」

彼女のいた席の、空いたカップを物悲しげに見つめる。

「僕の悩み」

「猫ちゃんウィーク？」

イベントの名前を繰り返すと、片倉さんはカップを片付けながら頷いた。期間限定、新作メニュー。客である私たちからすると非常に楽しみなのだが、片倉さんはどんよりと影を背負っている。

「まさかメニューが思いつかない……とか？」

「まさしく」

壁に飾られた猫写真のカレンダーに目をやる。二月二十二日まで残り五日。

「最初の年は白猫フロマージュ。その次の年は黒猫チョコレートマフィン。そのまた次の年は三毛猫トルテ。さて白黒三毛ときて今年はどうしたものか」

なるほど。悩んでいると思ったらそういうことだったのか。五日後となると、意外と切羽詰った状況である。今日はもう終わってしまうから、実質考えられる期間は三日間だけと言える。

「いつも悩んだときは、海を眺めたり早寝したりすればなんとかなるんですが、今回はまったく思いつかなくてですね」

「片倉さんにもスランプってあるんですね……。でも猫大好きの片倉さんならいくらでもネタが出てきそうじゃないですか」

ただの猫好きではなく知識もある片倉さんだ。たった三つでネタが尽きるとは到底考えられない。しかし当の片倉さんは首を振っている。

「模様や種類なんかは出てくるんですが、いざお菓子にしようとするとなかなか難しい。それにデザインだけでなく味も考えないといけないので、外見ばかり意識してめちゃくちゃな味になってしまっては元も子もない」

「そっか。着色料でごまかすばかりじゃ、お客さんたちは納得してくれませんよね」

「お客様方の舌を唸らせる一品を考えださねば」

　グルメ漫画みたいなことを言いはじめた。かわいければいい、でやり過ごすのではない。妥協のない本気具合に、片倉さんの高いプロ意識を感じる。

「これぱかりは、マタタビさんの知恵をお借りするわけにはいきませんね」

　せめてなにかお手伝いできないだろうか。いつも助けてもらうばかりの気がするので手伝ってみたいのだが、私がなにか考えたってたいした発想は出てこないし、仮に出たとしても、それを使うことは彼のプライドが許さないだろう。

　片倉さんは猫の写真集を捲っている。子猫、シニア猫、メタボ猫に加え、模様ごとに特化した写真集などなど、ランダムに捲って考え事をしているようだ。

「ふむ……かわいい」

　撤回。考え事をしているかどうかはわからない。

「ちゃんと考えてますか？」

　声をかけると、片倉さんはハッとこちらを向いた。

「考えてます……よ」

　嘘臭い返事だった。それからまた真剣に写真集に顔を沈めて、悩みはじめる。

「茶色と黒のまだらの毛色を活かして、サビ猫のガトーショコラ……いや、チョコレートマフィンと被ってますね。灰猫を胡麻(ごま)で……ああでもそれだと……」

　写真集を捲りながら首を捻っている。

「さて困り果てました。どうしたものか」

片倉さんが腕を組む。

「これだけ猫漬けになっても閃かないとは脳みそが膿んだものです。こうも発想に詰まったとき、いったいどうすれば」

「あっ、私そういうとき、好きなものを断ちます」

私はぱっと目をあげて提案した。片倉さんは猫頭を振り向かせた。

「好きなものを？」

無表情だが、きょとんとしているように見えなくもない。

「苦行みたいな感覚ですね。ある音楽家の話なんですけど、一曲作曲しなきゃいけなくて納期が迫ってるのになんにも思いつかなくて、好きな食べ物を断ったらその四日後歴史に残るメロディが降りてきたって、聞いたことがありますよ。それで私も、追い込みが必要なときは甘いお菓子を断つことにしてるんです」

「ほう。それはいいことを聞きました」

片倉さんが猫頭をあげた。

「僕も明日からなにか断ちます。生活の一部になっているほど好きなものを断てばいいんですね」

「そうですね、片倉さんの場合……」

あたりを見渡す。

カウンターの置物、カレンダー、この人の大胆なヘッドアイテム。

「猫」

「え」

「片倉さん、明日から猫没収。猫を断つ。『断猫』です！」

片倉さんは無表情のかぶり物で私を見つめ、凍りついた。

「僕に死ねというのですか」

「大袈裟な。死にはしませんよ」

彼を思って心を鬼にする。

「猫漬けになってだめだったんなら、逆に断猫したらなにか降りてくるかもしれないですよ。まずその置物片付けて、カレンダーもちがうのに替えてください」

「そんな……。招き猫は縁起物だからセーフですか？」

「アウトです。見えないところにしまってください」

「だめ……ですか」

片倉さんは名残惜しそうに店内の猫を見渡している。

「マタタビさんからいただいたニャー助の分身も？」

片倉さんが置物の中のひとつを指さす。昨年私がプレゼントした、茶トラ白の猫の置物だ。大事にしてくれているのは嬉しいが、だからといって甘やかす理由にはならない。

「だめです。完全アウトです」

「なんと……」

悲しげな猫頭に、私はさらに畳みかけた。

「お店だけじゃなくてプライベートもですからね。部屋の中の猫アイテムはすべて隠すこと。私があげたニャー助の写真も見ないようにしてください」

「なっ……なんたる苦行」

「それを乗り越えた先に、新作スイーツはあるんです！」

私が言い切ると、片倉さんはややたじろいでから、自身の顔、いや、かぶり物を指さした。

「これは？」

「うーん……仕事に差しつかえるから、それは大目に見てあげます。アイデンティティ奪っちゃ可哀想だものね」

「わかりました。明日から断猫しましょう」

片倉さんは意を決したように真剣な声で応じ、手元にあった猫本を閉じた。

「猫のことを一切考えずに、猫ちゃんウィークの猫菓子を考えます」

「線引きがものすごく難しい気がするんですけど、やるんですね！　男らしいです片倉さん」

ぱちぱちと小さな拍手を送る。普通の人間なら数日猫と関わらなくても死にはしないが、この人の場合、状況がちがう。

「禁断症状が出そうになったら無理せず中断して、しっかり猫を摂取してくださいね」

「ご心配ありがとうございます」

片倉さんは丁寧に会釈した。なんだか多少の無理をしそうで不安だ。一応、まめに見守ることにしよう。


断猫一日目。

「こんにちは。どうですか片倉さん」

片倉さんに断猫を命じた日の翌日、土曜日の昼。私は彼の様子を見に喫茶店を覗き込んだ。

置物はすべて片付けられ、カレンダーはなんの変哲もない白いだけのシンプルなデザインのものに掛けかえられていた。真面目に断猫しているようだ。

「なにか思いつきましたか？」

「いえ、さっぱり」

アンニュイに外を見つめていたが、彼は椅子から立ち上がって歩み寄ってきた。

「ご注文は」

「レギュラーコーヒー」

「かしこまりました」

片倉さんがカップを準備する。私はおとなしく彼を眺めていた。

「誘惑に負けず、素直に頑張ってるんですね」

「ええ。誓った限りは努力します」

片倉さんはコーヒーを注ぎながら頷いた。

「徹底して片付けました。店も事務所も、自宅も」

変わった頑張り方ではあるが、この人は真剣なようだ。

「お店の様子が変わっちゃって、お客さんびっくりしてませんか？」

「数人の方はちょっとキョロキョロしてらっしゃいましたが、今のところどなたからもコメントはありません」

意外と皆、気にしないようだ。カウンターに差し出されたコーヒーにいつものように砂糖とミルクを入れながら片倉さんが話すのを聞く。

「しかしこうも視界に猫が入らないと、世界がずいぶんちがって見えます」

片倉さんがカウンターの隅を見つめた。置物が並んでいた場所だ。

「好きなものを断つ意味はこういうところにあるんですね」

少しは頭をクリアにできているのだろうか。少なからず寂しい思いはしているであろう彼を、私は励ますことしかできない。

「それだけ真剣なら、そのうちいいアイディアが出てきますよ」

「ふふ。マタタビさんのお陰で頑張れます」

あまりに健気で、見ているこちらが切なくなる。いたたまれなくなり、私は意を決した。

「なんか、片倉さんばっかり我慢してるの可哀想になってきました。私もなにか一緒に我慢します」

「え……そんな、巻き込むわけには」

片倉さんはぶんぶん手を振って遠慮した。だが私はすでに決心を固めていた。

「ううん、ダイエット始めます！　甘いもの控えます、猫ちゃんウィークまでに痩せる。その代わり猫ちゃんウィークにはできあがったお菓子をバッチリ堪能させていただきます」

じつは、いまだに真智花ちゃんの言葉が頭にこびりついていたのだ。ちょうどいい機会だし、甘いものを我慢する癖をつけた方がいい。片倉さんと一緒なら、私も誘惑に負けずに頑張れる気がする。

片倉さんは少し驚いていたが、嬉しそうにふふふと笑った。

「甘いものを我慢したマタタビさんに召し上がっていただくんならなおさら真剣に考えないといけませんね。モチベーションがあがりました。ちょっとまた、考えてみます」

再び、窓際の椅子に座る。窓の外に顔を向ける。

「そうやって外を見てると、閃きそうになるんですか？」

聞くと、彼は窓の外を眺めたまま答えた。

「いえ、そこで猫が集会開いてるんです」

思わず席から立ち上がった。

「なんで猫の観察してるのよ！　ぜんぜん断猫できてないじゃないですか！」

「いやはや……おかわいらしい」

聞いていているのかいないのか、片倉さんは窓の外に集まっているらしい猫をじっくり眺めている。

「一瞬でも真面目にやってると思って同情したのがバカみたいですよ……」

「明日から……明日から真面目に打ち込みます」

「じゃあ私もダイエットは明日からにします」

その日は、カロリーの高そうなコッテリしたベイグドチーズケーキを食べることにした。


断猫二日目。日曜日の昼下がりだ。

今日こそ断猫しているのか、窓のカーテンが閉められていた。しかし、片倉さんの姿が見えない。代わりにカウンターから顔を出したのは、いつもの生意気な小学生だった。

「いらっしゃーい」

「果鈴ちゃん。お手伝いしてるの？」

「うん。暇潰しに来たら、ここで店番してるように頼まれちゃった。ゆず兄はお店の裏にいるよ。呼んでくるね」

「あ、ちょっと待って」

引っ込もうとした果鈴ちゃんに手招きして呼びかける。彼女はカウンターに肘をついた。

「どうしたの」

「片倉さん、無事？」

「ん？」

果鈴ちゃんは首を傾げてから、あ、と呟いた。

「もしかしてゆず兄が猫離れしてるのって、マタタビのお姉さんが関係してるの？」

「そう。私が命じたの。なんかイライラしてるとか悲しそうとか、なさそう？　無理してない？」

本人を見ても表情が読めないので、あの人のメンタルの健康観察は難しい。しかし果鈴ちゃんは片倉さんの姪っ子であり、彼の素顔を知る貴重な人材だ。彼女ならプライベートの片倉さんのこともわかっている。片倉さんを知りつくした果鈴ちゃんの方が、正しく判断できるだろう。果鈴ちゃんはやや考えてから苦笑した。

「そう言われてみれば若干暗い気がする」

「果鈴？」

裏口の扉が少し開いて、隙間から片倉さんの声がした。

「マタタビさんですか？　すぐ行きます」

耳のいい片倉さんには、私たちの話し声が聞こえたのだろう。果鈴ちゃんが扉に向かって叫んだ。

「今、面白い話してるから来なくていいよ。そこで一生ゴミと雑草の面倒でも見ててよ」

「一生は嫌」

「女の子同士の話してるの、来ないで」

果鈴ちゃんが冷たく突き放すと、ぱたんと扉が閉まって片倉さんは静かになった。果鈴ちゃんがまた、私に向き直る。

「なんていうかさ。もともとが病的な猫好きだし、この方がいっそ健康的じゃない？」

「そうかなあ。無理してないといいんだけどね」

たかが猫から離すだけで、なんでこんなに心配になるのか自分でもわからない。果鈴ちゃんは、置物があった場所を一瞥した。

「変だと思ったんだよ。マタタビのお姉さんからもらったって喜んでたはずの猫の置物片付けちゃうから。どういう風の吹き回しかと」

「あれは一生懸命アイディアを絞り出してるんだよ。果鈴ちゃんも応援してあげてね」

「ふうん」

果鈴ちゃんはまだ不思議そうにしていたが、来店してきたサラリーマンを見て、片倉さんを呼ぶために裏口の扉を開けた。

やがて、片倉さんが果鈴ちゃんに連れられて戻ってきた。

「いらっしゃいませ」

私も片倉さんに、ドリンクの注文をした。

「いつものコーヒーを。あ、でも今日はブラックで」

注文を聞いていた果鈴ちゃんがきょとんとする。

「今日はお砂糖とミルク入れないの？」

「うん、今日からダイエットするから、甘いものは控えるの」

三日で痩せるとは思えないが、ただ片倉さんの断猫に付き合うついでに、あわよくば痩せたい。真智花ちゃんに言われたことが気になっているし。

サラリーマンの分と私のコーヒーを淹れている片倉さんに尋ねてみる。

「どうですか。なにか閃きました？」

案の定、彼は首を横に振った。

「まったく。最悪、思いつかなかったら過去の限定メニューを復刻しようと思っています」

運命の二十二日まであと三日。となると、今日明日じゅうにはアイディアを出して、つくらなくてはならない。

「思いつかなかった場合の代替案を考えてる時点で、甘いんですよ」

私は片倉さんから苦いコーヒーを受け取って、ぴしゃりと厳しく言った。

「そうね……もっと本気で自分を追い込めるように、ルールを付け加えましょうか」

「猫禁止以外にですか」

片倉さんが身じろぎする。

「そうです。思いつかなかったら恥ずかしい罰ゲーム。どうですか」

コーヒーが苦い分、私の発言も比例して苦くなる。

「猫ちゃんウィーク中の語尾を、『ニャン』にしてもらいましょうか！」

「絶対嫌です」

即答された。果鈴ちゃんが隣できゃらきゃら笑っている。

「それいいねえ！　面白いよ、ゆず兄」

かぶり物のお陰で、ニャンをつけたとしてもそんなにびっくりしないが、果鈴ちゃんの言うとおり、中の人は普通の大人の男である。彼にもプライドがある。

「さあ片倉さん。ニャンニャン言わないためにも頑張りましょう」

ニヤニヤしながら追い詰めると、片倉さんは苦々しいため息と共に頷いた。

「わかりました。死ぬ気でいい商品を考えてみせましょう」

「でもさ」

果鈴ちゃんが口を挟んだ。

「どうせ付き合うならマタタビのお姉さんも罰ゲームに付き合いなよ。マタタビのお姉さんも、甘いもの摂っちゃったら『ニャン』つけて喋るの」

「う……かぶり物なしでニャンとか言ってる大人って、相当イタいね……」

こっそり食べたってばれないが、けじめのために採用しよう。

私は、自分に科せられた罰ゲームにため息をついた。

「絶対言いたくない。片倉さんのは、ちょっと聞いてみたい気もするけど」

「僕だって絶対に嫌ですよ」

言い返す片倉さんを見上げ、果鈴ちゃんが冷ややかに言った。

「嫌だったらそれぞれ目的に向かって頑張ればいいだけのことじゃない。果鈴あんまり応援してないけど」

自分たちで追い込んだ以上、必死にならなくては。

断猫三日目。

休み明けの月曜日から、会議と残業で遅くなった。商店街を進み、海浜通りに出る前に時計を確認すると、もうすぐ午後八時。暗くもなるわけだ。疲れた体を癒しに喫茶店に寄りたいが、着く頃には営業時間を過ぎてしまう。今日は諦めよう。

商店街の端にある店の前に、自販機がぽつんと光っている。慢性的にカフェインをほしがる体には、自販機のコーヒーでも与えておこう。出てきた温かい缶コーヒーを手に持つと、あの猫のかぶり物が脳裏をかすめた。

明日から猫ちゃんウィークが始まる。いい加減なにか思いついたのだろうか。思いついて商品をつくりはじめていないとまずい時間だが、あの人はどうしているだろう。

それも心配だが、三日も猫を我慢している片倉さんは、禁断症状を起こしていないか、などとちらと考える。

缶コーヒーは、開けずに鞄に滑り込ませた。自転車を漕ぎだして、海浜通りを駆け抜ける。海風が冷たい。暗い海がざざ、と波音を立てる。

会いに行かないと、気が済まない。

海浜通りを走って数分、いつもの喫茶店にはまだ灯りがついていた。自転車をきゅっと止めて中に飛び込もうとして、立ち止まった。

やっぱりやめよう。

灯りがついていても閉店時間は過ぎているのだ。なにも私は特別な客ではない。かえって邪魔してしまうかもしれない。鞄から缶コーヒーを出して、両手で握る。温かい。プルタブを開けて、ひと口、口に含んだ。

「うわ、甘」

思わず声に出して呟いた。何度か買ったことがあるから知っていたけれど、疲れていると余計に甘く感じる。

自転車に戻ろうと振り向いた瞬間、テラス席が視界に入ってぎょっとした。

「片倉さん⁉」

猫頭がテラスの席に座って、ぼうっとしていたのだ。静かすぎてまったく気配がなくて気がつかなかった。閉店時間を過ぎているのに、しっかりかぶり物を被っている。

どこを見ているのかまったくわからない置物のような目をして、いや、かぶり物のせいでそもそも目線はわからないのだが、それにしても凍ってしまっているかのように動かない。ついにおかしくなったか。

「こんな寒いところでなにをしてるんですか！　死んじゃいますよ！」

ぱしぱしと肩を叩くと、ハッと我に返ったように私を見上げた。

「しまった……」

「どうしたんですか、わざわざこんな寒いところで」

「あまりにも煮詰まったので、環境を変えて外で考え事をしていました」

どうやらまだ思いついていないようだ。

「まさか眠ってしまうとは。不覚」

「寝てたの⁉　姿勢がよすぎてわからなかったですよ」

かぶり物の目が開いているせいで、うたた寝していても気づかれない。

「失礼しました。せっかく来てくださいましたしコーヒーでもどうですか、マタタビさん」

片倉さんが私に気を遣ったが、それどころではないことは私もよく知っている。

「お気になさらず。それよりあなたちゃんと寝てますか？　夕飯は食べたの？」

向かいに座って面接すると、彼は、あ、と呟いた。

「忘れてました」

「この寒い中お腹空いてて、その上うたた寝じゃ凍死の条件が揃ってますよ。ほらこれ、缶コーヒーですけどよかったら」

先程開けたコーヒーを彼に差し出した。テーブルの上に置くと、片倉さんはじっとそれを見つめた。

「かたじけない。ひと口いただきます」

片倉さんが缶コーヒーを手に取る。かぶり物の口元に、缶が吸い込まれた。

そしてすぐ、離れた。

「甘っ……これは？」

「キャラメルバナナカフェオレです。珍しいでしょ。このめちゃくちゃ甘くて歯茎が痙攣しそうになる感じが好きで」

「キャラメル……バナナ……」

ほの暗い中でコーヒーの缶のデザインを眺めている。彼の長い指をぼうっと見ながら、私は呟いた。

「その缶、色使いがニャー助に似てるからよく買うんですよね。キャラメル色と、バナナとカフェオレの黄色っぽい茶色。クリームの白……」

片倉さんのかぶり物も同じ色。

「キャラメル……」

「さあ、寒いし中に戻りましょうよ。風邪でも引いたら猫ちゃんウィークどころじゃ……」

「キャラメルとバナナ。カフェオレ。茶トラ白」

片倉さんが、缶をテーブルに置いた。

「助かりました」

「え？」

きょとんとしている私を前に、彼は席から立ち上がった。

「これはいけるかもしれない」

「もしかして、閃きました？」

私も椅子から立った。片倉さんは一旦置いた缶コーヒーをもう一度拾いあげ、私の手に返した。その上からぎゅっと、私の手を包み込むように握られた。どきっとする。

「マタタビさんとニャー助のお陰です」

コーヒーと一緒に、私の手が片倉さんの両手に包まれている。缶の熱がじわりと手のひらを温めて、反対に二月の寒空の下にさらされた片倉さんの手は、凍っているみたいに冷たかった。

「本当に、なんとお礼を申し上げたらいいのか」

「そんな、私は」

手が、冷たい。

「イメージが固まってきました。これなら間に合いそうだ」

「片倉さん」

「今すぐ試してみます」

「手……！」

指が長くて、爪の形がきれい。心臓がばくばく高鳴って気が気でないのに、悠長に観察している自分も同時に存在している。

私の激しい動悸にまるで気がついていなさそうな片倉さんは、パッと手を離して建物の扉に向かった。

「さっそくつくってみます。マタタビさん、遅くまでお疲れ様でした。明日、楽しみにしててください」

扉を開けてから、振り向いて丁寧に猫頭を下げた。

「お気をつけてお帰りください」

ぱたん。扉が閉まる。

外に立ったままの私は、呆然とその扉を見つめていた。手の中で缶がほかほか湯気を立てている。

手を握られただけで、あんなにどきどきするものなのか。

冷静さを取り戻そうと、深呼吸してからキャラメルバナナカフェオレに口をつけた。やはり甘い。いくらなんでも甘い。

ん?

これって間接キ……。

「いやいや。そんなこと気にする奴は鍋食うなって……」

独り言を零してから、逃げ出すように自転車に跨った。

翌日の二月二十二日、断猫期間が終わり、ついに猫ちゃんウィークの初日を迎えた。

「絶っ……」

仕事帰りに立ち寄った喫茶店は、いつもより少しだけお客さんが多めに入っていた。

「品!!」

カウンター席に座っていた眠り姫が、頬を押さえて叫んだ。

「さっすが我らが『猫の木』のマスターだよ。すっごくおいしいです！　甘くてふわふわで、なんかきゅんきゅんきゅんする」

目をとろんとさせて、しきりにフォークを口に運んでいる。

カウンターには置物が帰ってきた。カレンダーももとに戻った。招き猫も鎮座している。

いつもの喫茶店に戻っている。片倉さんがついに、断猫を乗り切ったのだ。

「お待たせしました、マタタビさん」

片倉さんに声をかけられて、そちらに向き直る。私の前のカウンターにも、〝それ〟が置かれていた。

「猫ちゃんウィーク限定、〝キャラメルバナナカフェオレ茶トラ白マフィン〟です」

カフェオレ色のマフィンにチョコレートでできた三角耳。キャラメルソースの縞模様。

ネーミングがそのまますぎて言うのが面倒なほど長い名のそのマフィンは、ニャー助そっくりだった。

「本日は僕の奢り。マタタビさんのご協力あっての成功ですから」

「ラッキー！　いただきます！」

さっそくキャラメルソースで縞模様を描かれたマフィンにフォークを入れると、中のバナナクリームが顔を覗かせた。

「おや」

片倉さんが猫頭を傾げた。

「語尾の『ニャン』は？」

「ん⁉」

思わず手が止まった。片倉さんはかぶり物の中からふふふと怪しい笑みを零した。

「昨日までに甘いものを摂ってしまったら『ニャン』でしたよね。キャラメルバナナカフェオレ、大変甘かったですよ」

そうだった。あの日私が飲んでいたカフェオレは、禁じていたはずの甘いコーヒー。片倉さんは三日も猫を我慢したのに、私は一日しかもたなかった。

もちろん、体重は減っていない。

「あっ！　……片倉さん……私に感謝してるんでしょ？　それならその件は免除してくれたって……」

おそるおそる交渉する。しかし、彼は一歩も引き下がらなかった。

「それとこれとは別です」

「い……」

手を添えたフォークを再び握り直す。

「いただきますニャン！」

「ふふ。どうぞどうぞ」

なんだ、この敗北感。フォークで削ったニャー助マフィンを口に運ぶ。

「甘っ！　だから甘すぎですって！　ニャン！」

昨日の缶コーヒーと味が似ていて、昨夜の出来事が脳裏によみがえる。握られた手。甘すぎるコーヒー。

片倉さんはというと、まるで気にしていないようで、平然と覗き込んできた。

「どうしました？　お顔がまっ赤に……」

「べ……べつに、ニャンとか言わされたら誰でもそうなります、ニャン」

目を逸らして、ごまかした。片倉さんも、ふいっと目線を逸らした。

「そんなに恥ずかしがらなくても。案外おかわいらしいですよ？」

「じゃあ片倉さんも、案外かわいいかもしれないからニャンつけてくださいニャン」

「嫌です。僕はちゃんと思いつきましたから」

「思いついてないじゃないですか、自販機のコーヒー丸パクリで……ニャン」

舌に絡みつくのは、マフィンの甘さだけではない。ダイエット云々（うんぬん）のモヤモヤなんて忘れてしまうような、胸が熱くなる甘さだった。

episode11・猫男、見送る。

春というにはまだ寒いある日の朝、私は支部長から真智花ちゃんの出社の有無を尋ねられた。そういえば隣の席が空いている。時刻はもう定時の五分前、朝礼が始まる寸前である。この時間にはもう、社員全員が出社しているのが常だ。

「まだみたいなので、電話かけてみますね」

支部長に答えてから、私は登録してある真智花ちゃんの携帯に電話をかけた。しつこく鳴らすと、いつもの間延びした声が応じた。

「おはようございます、桃瀬ですう」

「おはよう真智花ちゃん。有浦です。今日ゆっくりだね」

電話し忘れたのか、はたまた今起きたのか。真智花ちゃんはやや間を置いてから言った。

「あ……すみません。私、今日休みます」

「どうしたの？　体調不良とか？」

急に休みと言われ、びっくりする。電話口の真智花ちゃんは途端におどおどした声色になり、曖昧な返事をした。

「うーんと……お休みするって、支部長に伝えといてください」

「有浦、桃瀬ってもう来てるか？」

「待って、支部長に代わるよ」

しかし私がそれを言いおわる前に、ブツンと一方的に通信が途絶えた。電話がツーツーと虚しい電子音を鳴らしている。

私は思わず受話器を見つめた。ちょっとこれは、社会人としてどうだろう。会社を休むのなら、先に連絡してほしい。今までの失礼なニュアンスが含まれた発言の数々は、まだ私にしかダメージがないからいい。だが今回のこれは、会社に迷惑がかかる。

「有浦。桃瀬なんだって？」

支部長が心配して尋ねてきた。私は少し考えて、返す。

「体調不良でお休みだそうです」

とりあえず、そういうことにしておいた。

真智花ちゃんは若いけれど中途採用なので、ルールがわからない新卒というわけではない。うちの会社に入社する前は、中小企業の印刷会社にいたと聞いている。とはいえ、ちょっと教育不足を感じてしまった。真智花ちゃん自身もそうだけれど、先輩となった私の指導力不足ともいえる。

やはり、どうも私は彼女が絡むとなにかしらモヤモヤしてしまう。

この胸のモヤモヤを、片倉さんに相談してみようか。あの人と話したら、なにか解決策が見えてくるかもしれない。

そう思って帰りに寄った喫茶店で、私はまた眠り姫と遭遇した。春休みに入ったらしく、私服姿になっていた。

「マスター、どうしよう……」

カウンター席に座る彼女は、神妙な面持ちで片倉さんに問いかけている。私は彼女の隣に座った。

「卒業しちゃったら、もう会えないのかな」

はあ、とため息をついた眠り姫は、春色のピンクのニットに不似合いなクマのできた暗い顔をしていた。

「どうしたの?」

心配になって聞くと、彼女は私と片倉さんの両方に慎重に話しはじめた。

「私、この春から大学生になります」

「そっか、高校卒業したんだね。おめでとう」

壁にかかったカレンダーを見ると、原っぱを駆ける子猫の写真が三月の訪れを告げていた。よく来店していたこの子も、もう大学生か。感慨深い。

「ありがとうございます。卒業したのはいいんですが、卒業後も不思議なくらい会いたくなる人がいるんです」

眠り姫は眠り姫の異名を持っているのにあまり眠れていないのか、本当に酷い寝不足顔だ。

「卒業したのに、会いに行ったらおかしいかなあ」

「おかしくなんかないですよ。ぜひ会いに行ってください」

片倉さんが優しく促すも、彼女はまだ二の足を踏んでいた。

「でも……用事もないのに会いに行くのって、変じゃないですか？」

「会いたいって気持ちが用事ですよ。その気持ちを嫌がる人なんてめったにいません」

もう一度背中を押されて、眠り姫ははにかんだ。


翌日、またもや見覚えのある男性に遭遇した。カウンター席に座っている若い男性。スーツにネクタイ、膝にのせた鞄にジャケットを引っかけている。

「マスター聞いてくださいよ……」

情けない声で片倉さんに泣きついている。片倉さんは私を案内してから、また青年に向き合った。

「どうなさいましたか、先生」

催眠授業の高校の先生だ。夏場に現れて、眠り姫の授業態度について片倉さんに相談していた。

今度はなにを悩んでいるのかと様子を見ていると、先生は消え入りそうな声を出した。

「卒業シーズンが苦手で仕方ありません……。僕のかわいい教え子たちが……巣立ってしまった……！」

「おやおや、おめでとうございます」

片倉さんは彼にコーヒーを差し出した。先生はコーヒーを受け取って両手を温めた。

「めでたいです、たしかにめでたいですけど。これからそれぞれの道を歩む彼らを全力で応援し送り出すのが僕の仕事なんですけど。寂しくて寂しくて死んでしまいそうです」

熱い先生だ。こんなに生徒思いな人だったとは。

「クラスどころか学年全員僕の子みたいなもんですから……！　皆まとめて嫁やら婿やらに出す気分ですよ」

「あなたに見送ってもらえる生徒の皆さんは、とっても恵まれていらっしゃいますね。素敵な先生に出会えて、きっと誇りに思っています」

片倉さんは、今にも泣きそうな先生に優しく語りかけた。

「また会いに来てくれますよ」

「マスター……」

先生はめそめそ目を潤ませながらコーヒーを啜った。いまだにこれだけ引きずっているようでは、卒業式当日はどうなっていたのだろう。私はメニューを見ながらふたりのやりとりを聞いていた。

「三年の担任は辛いです。三学期は授業もほとんどなくなっちゃうし。あーあ、せっかく眠り姫が起きているようになったのに」

「おや、眠り姫が」

片倉さんが繰り返した。私も思わずメニューから先生に視線を移す。先生は頷いた。

「ええ、ほら、国語の授業を睡眠時間に割り当ててるあいつです」

「その眠り姫が、起きてらっしゃったと」

「そうなんです。またある日を境に僕の授業をまともに聞くようになったんですよ」

知らなかった。いつの間にか眠り姫が眠り姫でなくなっていたとは。そういえば昨日会ったとき、あまり眠れていなそうな顔をしていた。

「すばらしいですね。どのような努力をなさったんですか？」

片倉さんが聞くと、先生はへらっと笑って手をひらひら振った。

「いや、僕はなにもしてないんです。ただ危機感持ったんじゃないですか」

「危機感なら、夏場から持ってたんじゃ」

私が口を挟むと彼は首を振って続けた。

「危機といっても成績の問題じゃなくて、命の危機です。あいつ、授業中に熟睡しすぎて呼吸が止まって、椅子から崩れ落ちたことがあって大変だったんです」

「え……ええー！　大丈夫だったの!?」

「はい、人口呼吸と心肺蘇生で事なきを得ました」

先生はさらっと答えて、コーヒーに口をつけた。私は目が点になった。

「……人口呼吸？」

「はい」

言葉が出なくなった。童話の一説が脳裏を掠める。眠り姫の眠りを覚ますのは、王子様の口づけだけ――。

片倉さんも黙って作業している。私たちの沈黙の意味に気がついて、先生はハッとコーヒーから口を離した。

「あ、僕がじゃないですよ？　俺は救急に連絡したりとかしてたんで、その辺の処置は保健室の先生がしたんです」

また屈託のない笑顔を浮かべる。なんだ、と息をついた。

「あなたではないんですね」

「まあ一部の生徒は僕が蘇生したと誤解してるみたいで厄介なんですけどね」

先生はふうと長く息を吐いて、コーヒーを冷ましている。

一部の生徒が誤解。私の中で、ひとつの仮説が立った。

「うーん……やっぱり会いに行くなら口実がほしいですよね」

翌日現れたのは昨日も話題にのぼった眠り姫である。眠りから覚めた眠り姫は、やはり今日も不眠症にでもなったかのような腫れた目をしていた。

「じつはその会いたい人っていうの、先生なんです。授業は眠れなくなっちゃうし、顔もまともに見れなくなっちゃったし。ちゃんと話すべきなんだろうけど、なんの話だったら不自然じゃないのかな」

やはりこの子も、一部の〝誤解している生徒〟のようだ。眠り姫本人は現場では意識がなかったのだから、きっとほかの生徒たちから聞かされたのだろう。横で聞いていた私は、そんなことを考えていた。

眠り姫はおくれ毛を耳にかけて目を伏せた。

「わかってる、わかってるよ。蘇生法だから他意はないし、仕事だし、そもそも好きとかそんなんじゃ……ないし」

自分から話したくせに動揺が止まらない眠り姫は、ひとりぶんぶん首を振っている。

「でも……気になっちゃうんです」

「そうですか……」

片倉さんは深く追及するようなことも、先生が昨日来たことも言わず、それだけ呟いて彼女に紅茶を出した。眠り姫は紅茶に口をつけて、ひと息ついた。

「気になって気になって、授業中眠れなくなっちゃった」

「それは……いいことだね」

私もコーヒーを啜りながら言うと、眠り姫は複雑そうに頭を垂れた。

「そうなの。お陰で最後のテストだけ、国語満点だった」

「今までものすごく損してきたのね……」

やればできる子なのに、寝て過ごしていたのか。

「そう、今思うとすごく損してた」

眠り姫は紅茶のカップに唇をつけて、ぽつぽつ言った。

「今の気持ちだったら、先生の授業なんて眠れなかったはずだし、もっともっと仲良くなれたかもしれないのに」

長い睫毛(まつげ)が下を向く。

「卒業してから気がつくなんて。ほんとバカ」

少し腫れた大きな瞳は、いつにも増して潤んで見えた。寂しそうに呟いてから、またサッと顔をあげた。

「あっ、いや、好きとかじゃないですよ。ただ、もっと一緒にいたかったなとか、もっと話しておけばよかったな、とか、そんな……ああ、好きなんじゃなくて」

取り乱して発言が混乱している。

「私、結局なにがしたいの……？」

眠り姫は、悲しげな目を紅茶の水面に向けた。

「第一、私の一方通行じゃ話にならないんですけど……。先生の授業寝てばっかりだった私なんて、きっと先生、嫌いでしょうから」

彼女が自覚するとおり、眠り姫は手のかかる生徒だったにちがいない。おとなしそうではあるが激しい天然と居眠り癖を併せ持っているのだから、先生もさぞ苦労させられたことだろう。

私は、ちらと片倉さんのかぶり物の目に向かって目配せした。だが、なにせかぶり物なので、それが彼に届いているかどうかは謎である。

　こんなとき、なんて言えばいいのかな。片倉さんならなんて言うのだろう。

　カウンター越しの猫頭を見上げると、彼はいともあっさりこう言った。

「では、お気持ちをお伝えしてはいかがですか？」

　眠り姫だけでなく、私も目を丸くした。いやいや、言い出せない状況だからこんなことになっているのに。会いに行くのにも緊張して、無理矢理口実をつくろうとしているのに。

　眠り姫が口ごもりながら目を白黒させた。

「き、気持ちって、私はいったいなにを言えば……？　私の一方通行なのに迷惑じゃないですか……？」

　片倉さんはふふふっと笑って付け足した。

「ええ、あなたの一方通行ではない、先生と相思相愛のお気持ちをです」

　余計に意味がわからない。ぽかんとしていると、片倉さんはまた、言葉を加えた。

「単純です。ありがとうって、それだけです」

　眠り姫が口を半開きにしたまま固まった。私も隣で、言葉をなくしていた。

「あなたも先生も、たしかにお互いにその気持ちがあるでしょう？」

「……先生も？」

　眠り姫が掠れた声で聞く。片倉さんはええ、と頷いた。

「素敵な生徒さんに囲まれて、楽しい日々を過ごして、彼もきっとそう感じたはずです。

あなたという大切な生徒のひとりも、彼にとってかけがえのない日々の一部です」

生徒思いで愛情深い、あの先生のことだ。たとえ眠り姫の授業態度が悪くても、天然が過ぎても、その分だけ手間暇かけて大切にしてきたことだろう。

「その気持ちを共有すること。それだけで先生は喜ばれると思います」

片倉さんはそう言い残して、何事もなかったかのように暇そうにカップを磨きはじめた。

私は眠り姫と一緒に呆然とその言葉を噛み締めていた。ひと口に告白と言っても、こんなにシンプルですっきり伝わる愛の形がある。知っていたはずなのに忘れていた、そんな感じがした。

「そっか、その先のことは、それから考えるとして」

眠り姫は独り言のようにぼやいて、立ち上がった。

「ありがとうございます、マスター。私、なにかわかったかもしれない」

彼女は晴れ晴れした顔で店を後にした。


数日後、私は催眠先生と眠り姫のことをぼんやり考えながら出社した。

態度がよくなくて、天然が過ぎる。世話が焼けて仕方ない。そんな子を大事に大事に育てたら、育てられた方はそのありがたみを知る。育てた方はそのかわいさに愛情を持つ。

手間がかかる後輩のことを、片倉さんに相談するつもりでいた。でも、相談する前に自分の中でスイッチが切り替わった気がした。

「おはよう、真智花ちゃん」

手間のかかる後輩は、今日は私より先にオフィスに来ていた。

「有浦さん……」

「私、真智花ちゃんにこの前休んだ本当の理由、聞いてなかったなと思ったんだけど……聞いてもいい？」

なるべくやんわり、尋ねる。真智花ちゃんは怯えるように目を泳がせた。私は隣の席からゆっくり話した。

「ごめんね。私、怖い先輩だったかな」

心のどこかにあった彼女みたいなタイプへの苦手意識が、この子に伝わってしまっていたのかもしれない。そして彼女は、そんなオーラを発する私への反発心で、嫌味ともとれるような言動を繰り返していたのかも。

「私、面倒くさがりだからさ。体力消耗するから怒らないし、陰口も言わないよ。安心していいから、もっと真智花ちゃんのこと聞かせて」

そう言うとようやく、真智花ちゃんは意を決したように私の目を見た。

「……休んだ理由が言えなかったの、怒られるって思ったからなんです」

「うん。どうしてだったの？」

真智花ちゃんはぽつりぽつりと話しはじめた。

「じつは……あの日の朝、急に飼い猫が具合悪くなって。あの時間に受け付けてくれる動物病院を慌てて探してて」

「えっ。大丈夫だった？」

「はい。ちょっとお腹壊しただけで、すぐによくなりました」

「よかった！」

ほっと胸を撫で下ろす。真智花ちゃんは大きな瞳で繰り返しまばたきした。

「あのとき、すごく焦ってたんです。会社に連絡することも忘れて、混乱しちゃって。電話くれた有浦さんに、なにを話したかもよく覚えてないんです。でも、ペットのために休むって言ったら怒られるって咄嗟に思ったことは覚えてます。だからなんか、すごく失礼な態度をとったかもしれなくて」

「それは仕方ないよ。猫ちゃんが心配だったんだよね」

むしろ、病院を調べているときに電話なんかかけてしまって、申し訳ないくらいだ。

「電話で悪い態度をとってたとしたら、有浦さんに完全に嫌われたと思いました。もう絶対受け入れてくれないんじゃないかって、思いました」

真智花ちゃんが泣きそうな声になる。

「だって、私が逆の立場だったら、そうするから。私みたいな性格の奴が、休みの連絡ひとつできなかったら、嫌いになると思うから。でも有浦さんは、そんなに心が狭い私とはちがったんですね」

私は彼女の素の言葉を、黙って聞いていた。真智花ちゃんは意外そうに私を見つめた。

「有浦さんって、猫が好きなんですね」

「え？」

それからふわっと、かわいらしい顔が柔らかくなる。

「だって今、真っ先に猫の心配してくれました」

そういえば、連絡の対応について聞くより先に、猫の体調を確認した気がする。

「真智花ちゃんも、猫飼ってたんだね」

真智花ちゃんはぱっと顔を輝かせた。

「はい。メスのラグドールで、シャルルっていうんです！」

その無邪気な笑顔は、作り物ではない心からの表情だと、直感的にわかった。

「おしゃれな名前だね」

「私が付けたんじゃないんです。保健所で処分寸前だった子をもらって……。もともと付いてた名前がシャルルだったんです」

保健所からの里子猫と聞いて、真智花ちゃんを見直した。真智花ちゃんはいそいそと携帯を取り出し、ロック画面に設定されていた写真を私に掲げた。

「この子なんです」

白地に茶色い模様の入った、毛足の長い猫。ラグドールという名の通り、ぬいぐるみのようにふわふわしている。長い毛がさらさらと美しくて、大事にブラッシングされているのがわかる。穏やかな青い瞳は落ち着いていて、カメラを向ける真智花ちゃんを信頼している目だ。写真からも伝わってくる、愛されている猫の顔だった。

「すごくきれいな子だねえ」

「いつかね、お迎えしたい猫がいるんです」

「どんな子!?」

真智花ちゃんがふふっと微笑む。

「マンチカン！　私の名前が、真智花だから！」

思わず吹き出しそうになった。片倉さんの聞きまちがいと同じ。

「いいねえ！　うちにも猫いるんだよ。ニャー助っていうの」

ようやく歩み寄った私たちは、うちの子自慢でその後も事あるごとに盛り上がった。

Episode12・猫男、巻き込まれる。

アパートの部屋の窓辺に、春色の陽だまりができていた。
暖かな場所を見つけたニャー助が、その光の中で寝転がっている。
「ニャー助」
名前を呼ぶと、けだるげに尻尾でピシャピシャとカーペットを叩いた。片倉さんから聞いたことがある。この動きは、聞いてはいるけれど動くのが面倒なときの返事なんだそうだ。面倒くさがり屋だけれど自分の名前を呼ぶ人を蔑(ないがし)ろにはしない、いかにも猫らしい仕草のひとつだと思う。私は投げ出されたニャー助のしましま尻尾を眺めて、くすっと笑った。

その日、私はリフレッシュ休暇をとっていて、午前中から買い物でもしようかと考えながら、のんびり朝を過ごしていた。外に出ると、柔らかな日差しが春の海を照らし、波間をきらきら輝かせていた。きゃあきゃあという甲高いカモメの鳴き声がして、微かな波音が鼓膜をくすぐる。心地よい陽気の、春の朝だった。

ニャー助に新しいおもちゃでも買おうかな。いいものを見つけたら真智花ちゃんにも報告したい。天気がよくて、暖かい。歩いているだけで楽しくなってくる。

こんな日が毎日だったらいいのに。

そんな朝、通りかかった定休日の『猫の木』の前に、ふたりの少女の影があった。

「あ！　マタタビのお姉さん！」

少女のうちの片方が、こちらに大きく手を振った。果鈴ちゃんだ。

「よかった。通らないか待ってたんだよ」

「マタタビさん、今から少しお時間とれますか？」

一緒にいるのは、この間、高校を卒業した眠り姫だった。ふたりとも、春休みなのだ。

「時間は大丈夫だけど……どうしたの？　珍しい組み合わせだね。お友達だったの？」

「この喫茶店によく遊びに来てるからね。自然と顔見知りにもなるよ」

果鈴ちゃんは隣に立つ眠り姫と目配せをした。

「それにしても、寂しくなりますね」

眠り姫が、物悲し気に喫茶店の方を振り向いた。意味がわからず、私は首を傾げる。

「なにが？」

「なにが……って、マタタビさん、もしかして知らないの？」

眠り姫が怪訝な顔をした。

「この喫茶店、閉まっちゃうんですよ？」

「ん？」

耳を疑った。今、閉まっちゃうと聞こえたのだが、気のせいだろうか。

眠り姫は丁寧に繰り返した。

『喫茶 猫の木』、今週いっぱいでお店畳むんだって」

頭に稲妻が走った。

鈍器で殴られたような衝撃。言葉が出てこなかった。

「ゆず兄から直接聞いてないの？」

果鈴ちゃんが目をぱちぱちさせた。私はまだ、言葉が思いつかない。

風の音、海の匂い。平和な町にこの喫茶店があって、片倉さんがいて。

そんな何気ない日常が、いつまでも続くと思っていた。平穏な毎日が音を立てて崩れ落ちていくような、絶望的な衝撃が襲う。

「あ、もしかして……マタタビさんがショック受けちゃうと思って、マスター言えなかったんじゃない？」

眠り姫が果鈴ちゃんの肩をつついた。

「マスターだったらありえるよ。マタタビさんに気を遣って、言い出せないんだよ」

「ああ……そうかも」

「タイミングはかってたのかも。悪いことしちゃったね……」

ひそひそ声で話す声が耳に入ってくる。入ってはくるけれど、頭がぼうっとして噛み砕けない。

「ご、ごめん」

とりあえず、声を発してみる。ふたりがこちらを向いた。

「私、なにも聞いてなかったし、ぜんぜんそんな雰囲気に気がついてなかった」

大人ぶって冷静を装ったが、思いのほか声が震えて、消えそうだった。

「ふたりが知ってること、教えてくれる？」

とにかく、情報収集だ。果鈴ちゃんと眠り姫は互いに顔を見合わせた。

眠り姫が神妙な顔で切り出した。

「私がマスターにそのことを聞いたのは、三日前でした。何気ない会話の中で、急に教えてくれたの」

彼女の声も少しだけ震えている。

「このお店って、喫茶店なのに料理がやたら本格的でしょ。甘いものもケーキ屋さんみたいにレベルが高いし。だからマスター、もっともっと高みを目指したいらしくて、外国に料理の修行しにいくんだって」

「修行なんかしなくたって、十分なのに」

果鈴ちゃんが口を挟む。眠り姫は彼女を横目に続けた。

「何年か外国で過ごすから、お店は畳んで、帰ってきてからまた仕切りなおすつもりみたい。再開はいつになるかわからないって……」

「あまりに急だよね」

果鈴ちゃんがまた、横から口を挟んだ。

「普通、一か月前くらいから貼り紙とかするよね。そうじゃなくてもせめて常連にはちゃんと言うとか」

　信じられない。

　先代から受け継いで何年も営業してきた、この喫茶店を畳む。片倉さんがそんな決断をするなんて。

「このお店、大好きだったのになあ」

　果鈴ちゃんがため息を洩らした。

「考え直してほしくて、果鈴もいろいろ言ってみたんだけど。もう心に決めちゃってるみたいなの」

「私も引き止めようとした。でも、すみません、だって……」

　眠り姫も名残惜しそうに話した。私は呆然と聞いていた。

「そう、なんだ」

　まだ事態が飲み込めない。頭では理解しているけれど、感情がついてこない。

「そっか、わかったよ」

　なにも追いついていなかったが、ふいに、笑みが零れた。

「片倉さんらしいね」

　あははと笑うと、ふたりは不思議そうに目をぱちくりさせた。私は店の看板を見上げた。

「気まぐれなんです、猫ですから。とか言いそうだよね、あの人なら」

　茶トラ白のかぶり物が自分の頭を指さすのが目に浮かぶ。少女たちはしばらくぽかんとしていたが、やがてくすくすと笑いはじめた。

「そうですね、言いそう。猫なら仕方ないか」

「やっぱ猫だもんね」

ざあ、と春風が吹いた。

片倉さんはよく言っていた。ネコジャラシが揺れる。

「片倉さんがそうしたいんなら、私たちが口出しできることじゃないよ。あの人にはあの人のやりたいことがあって、あの人の人生を生きてるんだから」

片倉さんは、そよ風に吹かれるネコジャラシのように生きている。柔軟で優しく、穏やかで、ふわふわしていて。

「……うん」

眠り姫が頷いた。

「私……マスターを応援したいです」

それからまっすぐ、私の目を見つめた。

「マスターには本当にお世話になったの。誰にも言えなかったようなこと、マスターにだけは話せて、それで、楽にしてもらってた」

「そうだよね」

私も、こくりと下を見た。頷いたのか俯いたのかは、自分でもよくわからない。

「皆、そうなんだよね」

私もだ。僻地に転勤になって、人間関係に悩んで、仕事を辞めたくなるほど落ち込んだあの日から、ずっと。

辛いことも楽しいことも、なんでも報告していた。あの人は、聞いてくれるから。

眠り姫が無理矢理な笑顔をつくった。

「今度は私たちが応援する番なんですね。寂しいけど、送り出してあげないとね。そうだ、マタタビさん」

彼女はそっと、私の手に自身の手を被せた。

「マスターの送別会やらない？」

「え？」

「このお店貸し切ってさ、こっちが料理とか振る舞うんです。マスターなら、頼めばやらせてくれそうじゃないですか。どうかな」

するとと横で果鈴ちゃんが手をあげた

「いいね、果鈴からも頼んでみるよ！」

「このままなにもしないで見送るわけにはいきませんよね」

片倉さんを気持ちよく送り出したい、そんな彼女の気持ちは伝わってきた。姪である果鈴ちゃんも協力してくれるというのなら心強い。話がそこまで進行したことは、頭では理解していた。でもまだ、気持ちの整理はついていていない。なんの実感も湧いてこない。

「今週いっぱいだから、今日が最後の定休日になっちゃうね。今日じゅうに開催しないともう日がないよ」

果鈴ちゃんが余計に焦らせる。私はまだ、胸にのしかかる重い雲を消化しきれずにいた。

「食材用意して調理して、それとなにか記念になる贈り物をあげたいな。夕方くらいには準備できそうだよ」

眠り姫が案を出し、果鈴ちゃんも頷いている。

「いけるいける。果鈴、ゆず兄の喜びそうなもの、いろいろ思いつく！」

「果鈴ちゃんがいてくれるから、成功まちがいなしだね」

どんどん話が進んでいくふたりの間に、私は割って入って首を振った。

「でも待って、そもそもここの厨房を片倉さんが貸してくれるかどうか。許可をまだ取ってないよね」

ふたりがハッとなる。私は冷静に続けた。

「片倉さんが用事があってここに来られなかったら話にならないし、まず本人に連絡しないとさ」

「そっか、考えてもみなかった。計画ばっかり立てちゃって」

眠り姫が真顔になる。

「マスターの連絡先なんて知らないよ。果鈴ちゃんも、まだ携帯なんて持ってないよね」

「うん……お母さんに聞かないとわかんないや」

「私、片倉さんの携帯知ってるよ」

鞄から携帯を取り出すと、眠り姫は目を丸くした。

「マタタビさんって、本当にマスターと仲いいですよね」

「そんなことないよ、私が連絡先教えたらその番号に電話くれたってだけ」

でも、ちょっと優越感。自身のプライベートなことをあまり話さない片倉さんの個人情報をひとつ知っているだけで、特別な人間になった気分だ。

「そういえばマタタビさん、マスターのこと名字で呼ぶよね。どうやって名前知ったんですか？　本人から聞いたとか？」

眠り姫が首を傾げる。

「最初に行ったとき、お店にあった営業許可証見たら書いてあった。で、本人は嫌がってたけど、無理矢理呼んで定着させた」

携帯を操作しながら答える。

「逆に〝マタタビさん〟ってあだ名付つけたのはゆず兄だよね」

果鈴ちゃんが私を見上げている。

「そうだよ。私の名前の〝夏梅〟がマタタビって意味なんだって」

初めて出会った日を思い出した。片倉さんは私の名刺を見て、「マタタビみたいですね」と嬉しそうに言ったのだ。あのときの何気ないやりとりがいまだに息づいていて、こうして片倉さん以外の人からもその愛称で呼ばれる。

「ゆず兄がお客さんにあだ名付けるのって、珍しいんだよ」

果鈴ちゃんが小首を傾げた。片倉さんがお客さんを名前で呼ぶところはあまり見かけない。「あなた」や「あの方」という言い回しで、固有名詞を避ける。じつは気づいていた。だから、私だけがあの人から「マタタビさん」と呼んでもらえることが、誇らしかった。それだけで心地よくなっていた。

「なんでそんなに仲いいの？」

眠り姫が聞いてきた。携帯の画面に視線を落としたまま、答える。

「片倉さんがかわいがってたノラ猫の引き取り手に、私が名乗り出たんだよ。あの人、あの出で立ちなのに猫アレルギーだから、自分で飼えなくてさ」

そう、あの日。

ニャー助にいざなわれてこの喫茶店に足を運んで、ニャー助がきっかけで通うようになった。初夏の風に吹かれていたネコジャラシが脳裏に浮かぶ。

懐かしいなあ。

「猫アレルギーなんですか!?　あんなに猫好きなのに」

眠り姫が驚く。私は携帯を手に返事した。

「そうだよ、知らなかった？」

携帯を弄っているふりをしていた。本当は、片倉さんの電話番号を表示したまま通話ボタンに触れられず、そこで指が止まってしまっていた。

「知りませんでした、猫アレルギーだなんて」

眠り姫が意外そうに繰り返した。片倉さんはあまり自分のことを話してくれない。だから猫アレルギーのことも、知っている人の方が珍しいのかもしれない。

やはり優越感。少しだけ特別扱いされているような気がして、自分に酔う。

「もしかしてかぶり物を脱いだところ、見たことありますか？」

「ごめん。それはない」

「こうなってくると、逆に意外ですね」

眠り姫が笑うと、果鈴ちゃんが胸を反らせた。

「果鈴は見たことあるよ！　果鈴の勝ちだね」

「そりゃ姪っ子だもん、ずるいよ」

私は果鈴ちゃんの頭をくしゃくしゃに撫でた。

「えっへへ。でも、被ってる理由は知らないや」

「果鈴ちゃんでも知らないんだね」

「うん。どうしてか聞いても、教えてくれないから」

私も、本人から直接理由を聞いたことはない。でも関わっているうちに感じたのは、あの人は匿名の存在でいようとするということだ。猫のかぶり物は自分を隠すモザイクのようなものなのではないか……。いや、考えすぎかもしれないが。

あのかぶり物の顔を思い浮かべると、初めて来た日から今日までのことが、頭の中に流れてくる。

珍客が来たり、変な商品が生まれたり、いろいろあった。楽しかった。

でも、片倉さんはとうとう、かぶり物を外してはくれなかった。

「ねえ、マタタビお姉さん」

果鈴ちゃんが真面目な顔で覗き込んできた。私は覚悟を決めてその番号を呼び出した。

携帯を耳に当てる。

「マタタビのお姉さんにとって、ゆず兄ってなに？」

「……行きつけの喫茶店のマスター」

そうとしか、答えられなかった。

私の中で確実に特別な存在だったのに、私たちは店主と客という居心地のいい距離を保っていた。そんなだから、こうして彼がいなくなってしまうときにどうすることもできない。彼に世話になった客として、見送ることしか叶わないのだ。

「もしもし」

電話は、三コールほどですぐに応答があった。

「どうしました、マタタビさん」

今日も穏やかな声だ。風に揺れるネコジャラシのような、平穏な声。お店を閉める直前だというのに、そんな空気すら感じさせない。

「お休みの日にすみません」

「いいえ」

声を聞いているだけで、感極まってくるかと思ったが、思いのほか冷静でいられた。

「今からお店に来られますか？　会って話をしたいです」

「いいですよ。ちょうど退屈していたところです」

「そうですすか、よかった」

「はい。すぐに向かいます」

電話が切れた。ツー、ツー、という電子音が、耳に残る。

「来てくれるってさ。今十時だから、これから準備すればお昼には間に合うかな」

携帯を鞄に戻す。果鈴ちゃんが大きな目で私を見つめた。

「マタタビのお姉さん、意外とあっさりしてるよね……」

「なにそれ、私のことそんなに暑苦しいと思ってた？」

「いや、ドライな人だとは思ってたけど、なんか」

少しだけ、言葉を詰まらせる。

「ゆず兄がいなくなっちゃうって知っても、落ち着いてるんだなあって」

「いい歳した大人だからねえ」

片倉さんがどうしようと彼の勝手だ。私がどうこう文句つけたり引き止めたりすることではない。

果鈴ちゃんはふうん、と鼻を鳴らした。

「つまんない」

「慌ててほしかった？」

「うん」

寂しそうに目を伏せる。

「残念でした」

私も、彼女から目を逸らした。


数分後、片倉さんはやってきた。お休みの日のはずだがわざわざ着替えたのか、猫のかぶり物とワイシャツにループタイの、いつもの喫茶店のマスタースタイル。ただ、エプロンはかけていない。

前方からノコノコ歩いてくる。本人を目の前にすると、抑えていたものがじわりと湧きあがってきた。この猫男を見てお茶をするのが日課になっていた日々が、頭の中で鮮やかに蘇る。それがあまりにも心地よい景色だったせいで、終わってしまうという現実を余計に受け入れられなくなる。軽く頭を振って、感情を振り払った。

「そのかぶり物は、まさかご自宅から被ってきたんですか」

真っ先に聞くと、彼はぷるぷると猫頭を振った。

「今そこの街路樹に隠れて被りました。それはそうと、どうなさったんですか」

彼は不思議そうに私と果鈴ちゃんと眠り姫を見た。

「なにかあったんですか？」

カチンときた。

なにかあったんですか、ですって。

こっちがこんなに胸を詰まらせているのに、まるで他人事のような言い方だ。まだ私に秘密にしているつもりでしらばっくれているのかもしれないが、それにしたって無感情な声色だ。

「たいしたことじゃないんですけどね」

じろ、と彼のくだらないかぶり物を睨む。

「今日、このお店をお借りできないかと」

「おや。どういった事情で」

「この子たちとちょっと、企画を」

ここまで言えば、お別れ会だと気づいてもよさそうなのに、片倉さんは首を傾げた。

「ほう、企画ですか。どのような企画なんですか」

自分でわからないようだ。鈍い奴だ。

「事態はあなたがいちばんわかってますよね？」

果鈴ちゃんが真顔でこちらを眺めている。先程までのように話さなくなり、しんと黙っている。

「なんで言ってくれなかったんですか？」

つっけんどんに尋ねる。片倉さんはまだ、首を捻っていた。

「なにをですか？」

「なんで大事なこと、教えてくれなかったんですか？」

いつまではぐらかすつもりなんだ。徐々にいらついてきた。

「私にだけ内緒にするなんて、酷すぎます」

「え……」

片倉さんが、掠れた声を発した。それからちらと、果鈴ちゃんの方を見る。

目の前のかぶり物が春風に吹かれて、毛がふわりと揺れた。この間抜けなかぶり物は手を伸ばせば届く距離にいる。今までだってずっとそうだった。突然いなくなるだなんて信じられない。この人のいない毎日なんて、考えられなかった。

もう耐えられない。

「……バカ！」

思わず、叫んだ。片倉さんの表情はかぶり物で見えなかったが、ぽかんとしているように見えた。

「え、マタタビさん……」

我慢できなかった。胸の中に抑えつけていた感情が、ぼろぼろあふれ出していく。あふれ出して、止まらない。

「早く教えてくれればまだ心の準備ができるのに！　平気なわけないじゃない！」

衝撃は受けているけれど、表に出さないスキルがあるだけ。若いこの子たちには知られたくないほど動揺しているというのが本音で、かっこつけてごまかしていたのに。

目頭がじわっと熱くなる。

「こんなに私の生活を染めておいて、こんなにも私の中で大事なものになっておいて、その責任はどうとってくれるんですか！」

片倉さんと過ごすささやかな時間が、愛しくて愛しくてたまらなかった。

「これからも、この先もずっと一緒だって思ってたのに、なんで裏切るんですか！」

「裏切っ……」

片倉さんが声を詰まらせる。私はさらにまくしたてた。

「いいんですか？　あなたが私から離れたら、ニャー助の情報が入りにくくなるんですよ？」

「マタタビさん、落ち着いてください」

驚くほど穏やかな声で、片倉さんが私を宥めた。

「落ち着いてください、ね」

この穏やかな声さえ、私の胸を締めつけていく。

「落ち着いてられますか！　逆になんであなたはそんなに落ち着いてるんですか」

それだけ私のことなんてどうでもいいと思っているのだろうか。私の方はこの人の存在が胸に焦げついて離れないのに。

「酷いです。私になにも言わないで、いきなり消えるつもりだったんですか？　果鈴ちゃんたちが教えてくれなかったら、私、片倉さんになにも言えないままになるところだったじゃないですか」

「消えるって……」

片倉さんはまだもそもそと口ごもっている。私は彼に詰め寄って、ループタイをかけた胸元を目がけて拳を振りあげた。

「そりゃあ、あなたの人生ですから勉強したいのは自由ですけど……！」

どんっと体を叩く。片倉さんはおとなしく殴られた。

「あなたがいなくなったら私が困るって、知ってるでしょ？」

「マタタビさん」

「一瞬でも、一秒でも、私のこと考えてくれなかったんですか？」

「落ち着いて……」

「まだ言えてないことあるのに。まだそのかぶり物剝いでないのに」

「マタタビさん」

「お店閉めちゃうなら、早めに教えてほしかったです！」

「え⁉」

「酷いです！　片倉さんのバカ！　猫！　バーカ！」

ポカポカと殴りつづける。何度も何度も叩く。片倉さんは、まったく抵抗しなかった。

とん、と叩く力が抜けた。

「バカ……」

ループタイに額を押し付ける。

どんな言葉を並べたとしても、もう覆らない。手を伸ばせば届く距離にいてくれた片倉さんはもういなくなる。まだぜんぜん受け止められないのに、現実は容赦なく私を切って捨てる。

なにも伝えられなかった。本当に言いたい気持ちは、なにひとつ言えなかった。

片倉さんは戸惑いながら私の肩に手を置いた。

「マタタビさん、カレンダーはご覧になりましたか？」

「……なんですか？」

彼の胸に拳を押し付けたまま、見上げる。猫のかぶり物が数センチ先から私を見下ろしている。そのまま、鞄に手を突っ込んだ。携帯を取り出す。画面に表示された日付を確認する。

「四月一日……」

声に出して読む。

「果鈴、エイプリルフールが大好きなんです」

耳に瞬膜（しゅんまく）がかかったように聞き取れなかった。

「……え？」

「お客さんに懐くと、こうやって仕掛けるときがあるんですよ。ほかのお客様を巻き込んで、いかにもそれっぽい演技をするんです」

振り向くと、果鈴ちゃんがニヤニヤ笑いながらこちらを観察していた。眠り姫は申し訳なさそうに、それでいて笑いをこらえるような顔で黙りこくっていた。目が合った果鈴ちゃんが、ピースサインを投げてきた。

「大成功！」

「あ……あなたたち」

やられた。完全に、してやられた。

「騙したわね……！」

「逃げろ！」

いたずらっ子たちは風になって全速力で逃げ出した。

「ちょ……こら！　待ちなさい！」

追いかけようとしたが、片倉さんに肩を摑まれたままだったので、動けなかった。

「来年見てなさいよ！」

全力疾走で走り去る背中に向かって叫ぶ。彼らの背中は達成感あふれるきらきらオーラを振りまいていた。

「もう！　まさか嘘だったなんて！」

「ふふ。かわいいでしょう？」

片倉さんが私から手を離した。

「今年のターゲットはマタタビさんでしたか」

「片倉さんも知ってたんなら言ってくださいよ。そうすれば未然に防止できたのに」

キッと睨むと、彼は手をひらひらさせた。

「いいえ、今年は僕も声がかからなくて寂しい思いをしていた次第です。果鈴が計画を話してこないから、もう今年からやらないのかと」

「そうだったんですか……よかったですね、巻き込んでもらえて」

「ええ本当に」

片倉さんは嬉しそうに呟いた。彼の胸に押しつけた拳が温かい。

ハッと、密着していたことに気がついた。

「うわああ！　すみません！」

慌てて飛びのくと、彼はまたくすくすと笑った。

「結構痛かったです」

「ごめんなさい。殴ったり、なにも知らずにバカとか言って」

「いいえ。マタタビさんが面白かったので、許してあげます」

「面白がらないでください……」

目を伏せる。視界に入ったネコジャラシがゆらゆらしている。

「あの子たちも、マタタビさんが面白いからターゲットにしたんです。それだけマタタビさんが好きということです」

しばらく、沈黙があった。春風が吹く。ネコジャラシがふわふわ、風に靡く。午前中の空はきれいだ。晴れ渡るまっ青な空に、薄い和紙のような白い雲がゆっくり流れている。

「すっかり騙されました。あまりにも衝撃的で」

空を見上げながら言うと、片倉さんはそうですねえ、とぼやいた。

「おそらく、だいぶ前からターゲットをマタタビさんに絞って計画していたんでしょうね」

「四月バカってそんなに綿密に計画立てます？」

「立てるんですよ、果鈴たちは。去年は僕も仕掛け人の仲間でした」

ちょっと楽しそうだ。

「来年は私から仕掛けてやる……。絶対驚かせてやるんだから」

「ふふ。協力しますよ」

表情は読めないが、片倉さんは楽しそうな声で言った。前回は仕掛け人だったということだが、今回は片倉さんも被害者だ。逆襲が楽しみだ。

「片倉さんも大変ですね。お休みの日に、こんなくだらないことのために呼び出されて」

大袈裟にため息をついて同情すると、片倉さんはかぶり物のヒゲを弄りながら小首を傾げた。

「僕もああいういたずらは大好きなんで、巻き込んでもらえて光栄ですし、なにより」

かぶり物の目が、ちらと私を見た。

「マタタビさんがあんなふうに言ってくださったことが、嬉しくて」

片倉さんを前にして感情的になった、その瞬間のことを思い出した。

かあっと頬が熱くなる。

「だって……ほんとにいなくなっちゃうと思って……！」

なんてことだ。普段だったら言えないようなことを、果鈴ちゃんに言わされた気分だ。

そこまで思って、ハッとする。

もしかしたら、始めから彼女の意図はそこにあったのかも……。

「あなたにそれだけ思っていただけているとは、大変誇らしい」

片倉さんはふわりと、私の頭に手を置いた。

「大丈夫。どこにも行きませんよ」

ふわふわと優しく髪を撫でて、すぐに手が離れた。

熱くなっていた顔が余計に熱くなった。もしかして私は、自分で思っている以上にこの人に依存しているのではないか。

どこにも行かないという言葉に、泣きそうなくらい安心した。そばにいてくれるとわかった瞬間、この春のあさぎ町の海のように、胸が晴れ渡ったのだ。

「せっかくですし、コーヒーでも飲んでいかれますか？　ご馳走しますよ」

片倉さんは春風に吹かれる喫茶店に猫頭を向けた。

「ほんとは今日はお休みですから、ほかのお客様には内緒ですよ」

それは春の陽だまりのような、風に揺れるネコジャラシのような、温かくて柔らかいいつもの片倉さんだった。

「……はい」

三角耳の横顔に頷いた。

風の音、海の匂い。平和な町にこの喫茶店があって、片倉さんがいて。

そんな何気ない日常が、いつまでも続きますように。

春の青空を見上げて、こっそり祈った。

猫男とネコ科のＯＬと猫被り。

エイプリルフールの奇襲以来、余計なことを考えるようになった。

「困ってるんですよ。複雑な気持ちです」

もうすぐ夏が来る、暖かい土曜日の午後。私はお昼の『猫の木』のいつものカウンター席で冷たいレモネードを飲んでいた。こだわりのレモンに蜂蜜たっぷりのレモネード。以前はホットでいただいたが、今日は暖かいのでアイスで注文した。

先程までランチしていた若い女性客がいたが、彼女が出ていくと店内には私と片倉さんのふたりきりになった。

「真智花ちゃんが猫好きとわかったから、一緒にこのお店でランチしようかと思ってたんです」

「ああ！　マンチカンさんは、ラグドールさんを飼ってらっしゃるんでしたよね」

片倉さんがややこしい言い回しをした。

最近、真智花ちゃんは話せば話すほど猫愛があふれ出してきている。片倉さんとも話が合いそうだし、ここで一緒にお茶をしたらきっと賑やかで楽しくなる。

「でも……なんか、教えるのを躊躇しちゃうんですよ」

「おや。どうしてですか？」

片倉さんが問う。グラスの中の金色の雫を眺め、小さなため息をついた。

自分でもケチだなと思う。この店を人に教えず、秘密にしておきたいだなんて、あまりにもドケチだ。いいものは皆に広めるべきだ。片倉さんにとっても、お客さんが増えることはいいことのはずである。でも。

「だって真智花ちゃんが片倉さんと……」

私より親しくなってしまったら嫌だ。

途中までそう言いかけて、恥ずかしくなってやめた。

「真智花ちゃんが、会社での私の様子を片倉さんに話しちゃったら嫌なんですよ」

「あはは。僕は聞いてみたいです」

真智花ちゃんはかわいいし猫好きだし、人懐っこい。頼られたいタイプの片倉さんとは相性がよさそうなのだ。だからなんとなく、会わせたくない。

四月一日、薄々感づいていた自分の独占欲に確信を持ってしまった。片倉さんがいるこの喫茶店で、片倉さんから「マタタビさん」と呼ばれたい。大きな変化があるわけではないけれど、ただこうして話している日々が心地よい。

この時間を、片倉さんを、独り占めしたい。誰かにお裾分けするのはもったいないと感じてしまうのだ。レモネードのストローをくわえると、甘くて酸っぱくて胸がきゅっと締めつけられた
「興味ありますね。お仕事中のマタタビさんの様子」

片倉さんが猫頭を傾ける。

「僕はマタタビさんのこと、もっと知りたいですから」

こんなふうに言ってもらえるのは、私だけなのだろうか。いや、でも片倉さんのことだ。たとえ、私だけだとしても、ニャー助の飼い主である私がどんな人物か気にしているだけで、私自身に興味があるわけではないとか、そういうオチにちがいない。

「ラグドールのシャルルさんの飼い主のことも知っておきたいですよね」

つい、ひねくれた言い方をしてしまう。

私だろうと真智花ちゃんであろうと、片倉さんからすれば〝猫飼いのお客さん〟という同じ位置づけになる。

変に卑屈になってしまう。

片倉さんはうーんと唸った。

「もちろんシャルルさんがどんなふうに愛されているのかは聞きたいんですけど、マタタビさんに言った『知りたい』はそれとはちがって」

片倉さんが、長い指をモコモコの口に添える。

「去年の夏の終わり頃でしたっけ。星を見ながら歩いたこと、覚えてます？」

ニャー助のキャットフードを、このお店に置いて忘れて帰った日のことだ。

「覚えてますよ」

「そのとき僕が言ったこと、覚えてます？」

「覚えてま……」

返事は、途中で宙に溶けた。

あの日片倉さんは、満天の星の下で私を褒め殺した。

マタタビさんは僕にとって特別なお客さんなんです、と、たしかにそう言っていたことを思い出す。思い出したら心臓がどきどきしてきた。ごまかすように、レモネードをひと口啜る。

「いやでも、あれは私が困ってるのを見て、からかってたんでしょ？」

顔を伏せて問うと、片倉さんはふふふ、とかぶり物から笑い声を洩らした。

「言ったことは全部本当です、とも申し上げましたよ」

そういえば、言った。

「じゃ、私……特別ですか？」

「ええ」

ずいぶんあっさり言ってくれるものだ。私はそのひと言が言い出せないのに。

レモネードが宝石を散りばめたような煌めきを放っている。

この人にとって自分がそれだけの存在になれている。鼓動がどきどきと音を立てた。胸がふわふわと温かくなって、このまま宙に浮かびだしそう。

「お兄さんからもよろしく頼まれていますからね。特別です」

「えっ、お兄さんからお兄ちゃんそんなこと言ってたんですか⁉」

もしかして、訪ねてきたときに片倉さんに耳打ちしていたのはそれだったのか。余計なことを。お陰で片倉さんがおかしなことを言いだして、私の頭が回らなくなるではないか。

「特別って、どういう意味で……」

ほかほかする頭で、思わずおかしな質問をした。片倉さんはそんな私を楽しむように笑って返す。

「どう思います？」

「えっと……」

言葉に詰まった私を、無表情のかぶり物が見つめている。いや、かぶり物には表情こそないが、中の片倉さんはきっと私が戸惑っているのを面白がっている。

「特別だって言うんなら」

声を絞り出す。ちょっとだけ震えてしまっていた。

「特別だって言うんなら、かぶり物の中の素顔、見せてくださいよ」

しかし片倉さんは、呆気なく即答した。

「それとこれとは別ですよ。これは絶対、脱ぎません」

猫のかぶり物がふんわりと、春色の陽光を受ける。ボタンの瞳にレモネードの雫の光が反射して、少しだけきらきらして見えた。ひんやり冷えたレモネードは、日差しを浴びて煌めく波間のような爽やかな味がする。胸がきゅっと締めつけられるのは、この甘酸っぱさのせいにした。

『喫茶 猫の木』は今日も、穏やかな時間が流れている。

end

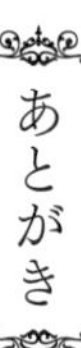

あとがき

日記をつけていると、〝なにもない日〟というのはありそうでない。意外と毎日、なにかしらの小さな変化があったりするものです。

「喫茶『猫の木』の日常。」は、そんな何気ない日々を切り取ったような物語です。

今回マタタビさんは、後輩の言葉を受けて恋愛や結婚を考えることを疎かにしていた自分を振り返ります。このままでいるのは不安だけれど、焦って失敗するのは怖い。今までどおりの日常ではなくなってしまう、変化が怖い。だから選択を避け続けてしまう……。言ってしまえば、恋愛のモラトリアムのような状態。そういう人って、きっとマタタビさんでなくてもたくさんいるのではないでしょうか。

そんなときはゆっくりお茶でもしながら、のんびり心を癒すというのもアリなんじゃないかなと思います。逃げだと言われればそうかもしれません。でも一旦落ち着くと、ちゃんと周りが見えてくる。自分を見つめ直すことができて、自分でも気づかなかったことを気づかせてくれる人が現れる。

上だけ見て慌てて成長しようとするよりも、よそ見したり回り道したりしている方が、豊かに成長できたりして。

この本を通じて、少しでもそんな豊かな時間を提供するお手伝いができたらいいなと思います。

また、作中に登場する「写真家さんの恋人」と、「妖怪好きの小学生」は、私がＷｅｂ小説サイト「エブリスタ」さんに投稿した別の作品の主人公でもあります。読者様との交流をきっかけに、遊び心で登場させてしまいました。そんないたずらも〝寄り道〟なのかな、と。

マタタビさんとマスターが初めて出会ったときのお話は、「喫茶『猫の木』物語。～不思議な猫マスターの癒しの一杯～」でお読みいただけます。猫のニャー助のことやマスターの過去のことなど、盛りだくさんな内容になっております。もう読んでくださったという方は、この本でまたお会いできて大変光栄です。

今回もお世話になった関係者の皆様、応援してくださったすべての方々にこの場をお借りしてお礼を申し上げます。ありがとうございました。

植原翠

この物語はフィクションです。
実在の人物、団体等とは一切関係がありません。
本書は書き下ろしです。

■参考文献

『動物の赤ちゃんを育てる　動物園飼育員50年　朝日選書　711』
亀井　一成（朝日新聞社）

植原翠先生へのファンレターの宛先

〒101-0003　東京都千代田区一ツ橋2-6-3　一ツ橋ビル2F
マイナビ出版　ファン文庫編集部
「植原翠先生」係

喫茶『猫の木』の日常。

～猫マスターと初恋レモネード～

2017年4月20日　初版第1刷発行

著　者　植原翠
発行者　滝口直樹
編集　水野亜里沙（株式会社マイナビ出版）　須川奈津江
発行所　株式会社マイナビ出版
〒101-0003　東京都千代田区一ツ橋二丁目6番3号　一ツ橋ビル2F
TEL 0480-38-6872（注文専用ダイヤル）
TEL 03-3556-2731（販売部）
TEL 03-3556-2736（編集部）
URL http://book.mynavi.jp/

イラスト　usi
装　幀　関戸愛＋ベイブリッジ・スタジオ
フォーマット　ベイブリッジ・スタジオ
DTP　株式会社エストール
印刷・製本　図書印刷株式会社

●定価はカバーに記載してあります。●乱丁・落丁についてのお問い合わせは、
注文専用ダイヤル（0480-38-6872）、電子メール（sas@mynavi.jp）までお願いいたします。

ISBN978-4-8399-6319-4
Printed in Japan

Fan
ファン文庫

喫茶『猫の木』物語。
～不思議な猫マスターの癒しの一杯～

喫茶店にいたのは猫頭のマスター!? 癒し系ほのぼの物語（ストーリー）。

著者／植原翠　イラスト／usi

恋愛無精のＯＬ・夏梅は突然の辞令で海辺の田舎町へ転勤に。そこで出会ったのは喫茶店の優しいマスター。だが、彼は何故か猫のかぶり物をしていて…？

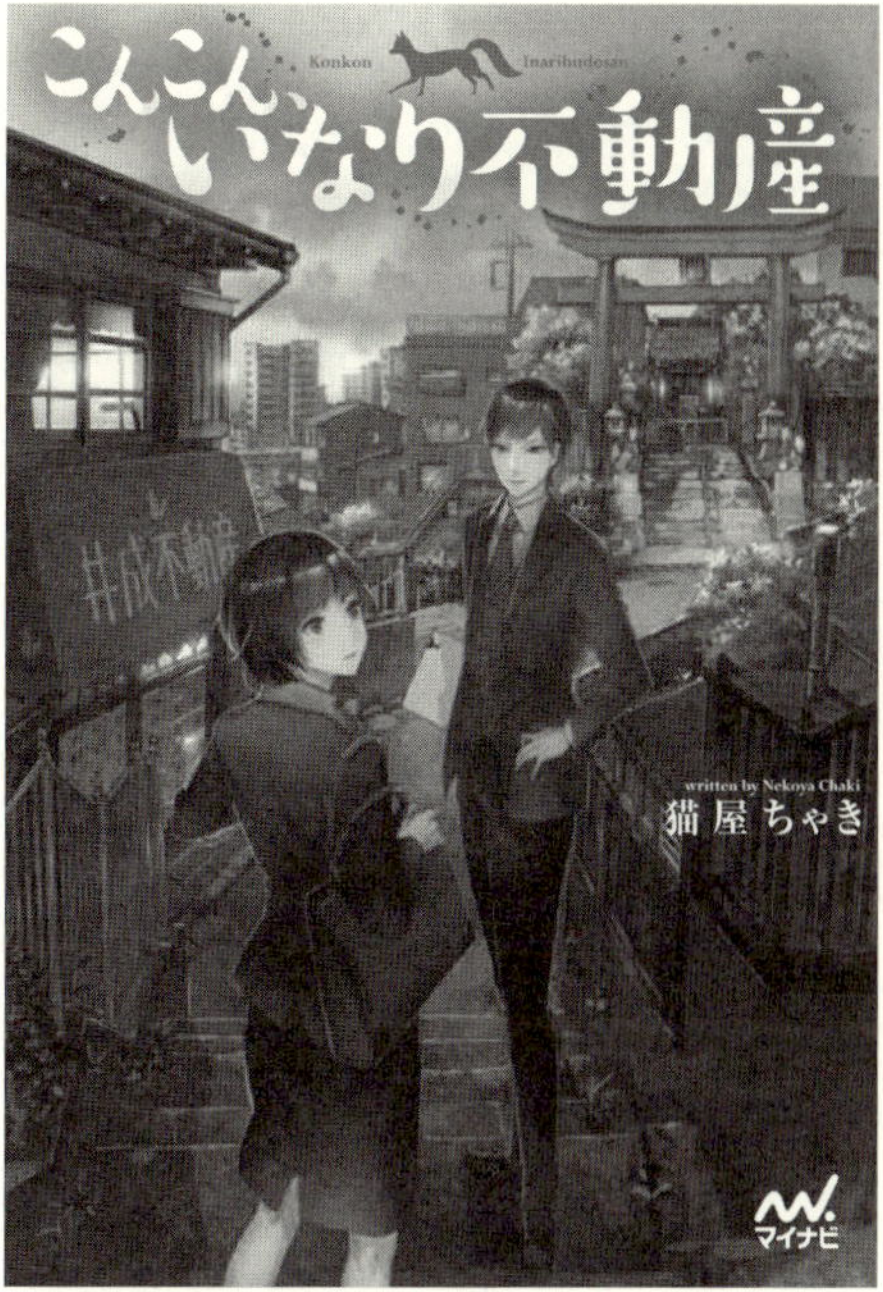

おいしい逃走(ツアー)! 東京発京都行
謎の箱と、SA(サービスエリア)グルメ食べ歩き

著者／桔梗楓
イラスト／マキヒロチ

「第２回お仕事小説コン」優秀賞！
実在のご当地グルメが盛りだくさん♪

東京—京都間を逃げまくれ!?　スピード感あるドタバタ旅グルメミステリー！　装画は『いつかティファニーで朝食を』等を手掛ける漫画家・マキヒロチ氏。